中脇初枝

神に守られた島

講談社

神に守られた島

目次

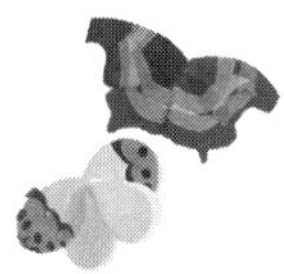

装画　宮原葉月

装幀　坂野公一 welle design

神に
守られた島

第一部

草刈りをしていたら、トラグヮーが来て、亀岩《かめいわ》に兵隊さんが流れついていると言う。

鎌を持ったまま、海へ走っていくと、亀岩のまわりに人が集まっていた。人垣のうしろから、おばあさんが手を合わせて、しきりに拝んでいる。

トラグヮーと岩によじのぼって、大人の頭の上からのぞくと、軍服を着た男の人が波の上に浮かんでいた。

手も足ももぎとられていたけれど、一本だけ残った足には長靴《ちょうか》を履いている。波が岩に寄せるたびに、兵隊さんの体はゆらゆらと揺れた。

今日は朝からよく晴れて、風もない。見渡す限り青いばかりの空と海。

その海に浮かぶのは、兵隊さんだけだった。波は兵隊さんをあやすように、おだやかに寄せる。

「こんなになっても、痛くないんだな」

ぼくがつぶやくと、トラグヮーが怒ったように言った。

「あたりまえだろ。死んでるんだから」

早く引きあげてやれという声はするが、だれも降りていくものはいない。

ひとりの女の人が、わっと泣きだした。つられて背中の赤ちゃんも泣きだす。

「だんなさんがご出征されてるからねー」

だれかが気の毒そうに話す声が聞こえた。

ぼくは岩から飛びおりた。

大人のひとりが、やっとぼくたちに気づいて叫んだ。

「こら、こどもの見るもんじゃない」

ぼくはその声をうしろに、さとうきび畑の間の道を走りだした。

「マチジョー」

トラグヮーが呼んでも、ぼくは足をとめなかった。

泣き声から離れたかった。

しばらく走って、足をとめた。もう鳥の鳴き声と草のざわめきしか聞こえない。うちのシマ《集落》は近かった。

真っ白なニャーグ《石灰岩片》道にしずくが垂れて、点々と黒い斑点が続いている。

ぼくはそっと斑点を踏んだ。いつもはだしの足裏には何も感じない。

でもぼくは、一歩一歩、黒い斑点を踏んで歩く。

斑点はシマに向かって続いている。

カミの通った跡だ。

ナカヌヤー《中の家》の前まで来ると、おばさんに呼びとめられた。

「マチジョー」

「ちょっと、飛行機の音を聞いてー」

ナカヌヤーの庭には脱穀機が出ていた。

「いいお天気だから、空襲があるかもしれないからねー」

うちのシマ《集落》がはじめて空襲を受けたのは、ちょうど脱穀をしている最中だった。シモヌヤー《下の家》の庭で脱穀が始まったとき、ぼくもそこにいた。脱穀機の単調な動きがおもしろくて、脱穀が始まると見にいっていた。

ぐあんぐあん響く脱穀の音で、敵機が来た音が聞こえず、撃たれてはじめて、あべー《しまった》と思って逃げた。そのとき、庭にはこどもが十人は集まっていたはずだったが、幸いだれにも弾は当たらなかった。

それから、シマでは脱穀するときは必ず、こどもを石垣に上げて、飛行機の音を聞かせるようになった。

「もみ米がすんだら、お米をあげるからねー」

道に立ったままで、庭に入っていかないぼくに、おばさんは手招きして言った。こどもが喜ぶ砂糖でもウム《芋》でもなくて、米をやるというのは、おばさんがうちの状況を知っているからだ。

ぼくは首を振った。

ぐずぐずしていると、カミの通った跡が乾いて、見えなくなってしまう。

どうせ、カミの行く先はわかっていたけれど、ぼくはこのしずくを辿《たど》りたかった。

消えてしまわないうちに。

「あとから、トラグヮーが来るから」

ぼくは言って、ナカヌヤーを通り越し、カミのあとを追った。


ぼくが一足ごとに踏んでいく、白い道の黒い斑点を容赦なく蹴散らして、おばさんたちがやってきた。

頭に大きなヒャーギ《ざる》を重ねてのせて、おばさんたちはわらいさざめきながら歩いてくる。

シマ《集落》で供出するウム《芋》やウムのつるを、越山《こしやま》の守備隊に届けにいくのだ。この島では越山と大《おお》山《やま》と二つの山のどちらにも守備隊が駐屯していて、ぼくたちを守ってくれていた。

うちゅくい《頭にかぶる布》に顔が隠れていても、あま《おかあさん》がいることはすぐにわかる。

「マチジョー」

あまはシマのおばさんのだれよりも背が高い。

「草刈りはどうしたのー」

「鎌が切れないから」

ぼくはとっさに言った。

「研いでからもういっぺん行くよ」

「遅れるよー」

おばさんたちが、足をとめたあまをふりかえって言う。

「兵隊さんに叱られるよー」

「今行くよー」

あまと一緒に足をとめたトラグヮーのおばさんが言った。

「守備隊が来てから、えらぶ《沖永良部島》時間がなくなったねー」

あまがわらう。島に守備隊がやってくるまで、みんな太陽の傾き加減で暮らしていた。今も時計を持っていない家が殆どだ。

「何時何時って、遅れると叱られる」

「本当にねー」

おばさんたちはそう言いあいながらも、足をとめたままだ。

「兵隊さんの死体を見にいってたんでしょ」

ぼくはあまを見上げた。あまはあちゃ《おとうさん》より背が高い。頭にヒャーギをのせると、もっと大きくなって、見上げていると首が痛くなるくらいだ。

「カミが言ってたよー。トラグヮーが呼びにいったんでしょ」

「トラグヮーはしかたないねー。あの子はどうしたのー」

トラグヮーのおばさんも口をはさむ。

「あとから来る」

ぼくはそれだけ言うと、おばさんたちが斑点を踏み散らした道を走りだした。

「空襲が来ないうちに、牛に草をやってよー」

ぼくの背中を、あまの声が追いかけてきた。

カミの通った跡は、もうわからなくなっていた。


カミの家には、だれもいなかった。

ミジガミ《水甕》はいっぱいになっていた。

ぼくは三軒あと返りして、自分の家に戻った。家の石垣に沿って歩きながら、石垣の石のひとつの高さと自分の背丈をくらべる。その石だけ真っ白な珊瑚石で、ちょうどぼくの目の高さに嵌まっていた。その高さは昨日とも、今朝、家を出るときともかわっていなかった。

ちっとものびてない。

ぼくはがっかりしながら石垣の中に入った。

「マチジョー」

あやが家の奥からぼくを呼んだ。食事が終わったばかりらしく、敷いたきりの畳の上に、ハナみー《兄さん》を寝かせていた。

「草刈りはどうしたの」

「鎌が切れなかったんだよ」

「おかしいねー。昨日はよく切れたよー。あちゃ《おとうさん》はよく研いでから行ったはずだけどねー」

あちゃは、徳之島《とくのしま》の飛行場建設に徴用されて行ったきり、帰ってこない。

「やっぱり毎日研がないとだめなのかねー」

あやは立ちあがり、縁へ出てきた。手には空になった茶碗を持っている。山羊の乳かヤラブケー《蘇鉄の実の粥》かわからなかったけれど、とにかくハナみーはみんな食べたらしい。

ぼくが茶碗を見ていることに気づくと、あやが言った。

「今日はウム《芋》も食べたよ」

ハナみーが何を食べたかということは、うちでの一番の関心事だった。

「あやがついてるからね、ハナみーはきっとよくなるよ」

あやはわらった。目も鼻も口も大きいあやがわらうと、薄暗い茅葺《かやぶ》きの家がぱっと明るくなる。

「カミに聞いたよ。亀岩に行ってたんでしょ。こどもが見るもんじゃないよ」

庭の隅で形ばかり鎌を研ぎはじめたぼくに、あやはしゃべりつづける。

「かわいそうにねー。沖縄へ特攻にいく飛行機の兵隊さんかねー」

あやのうしろで横たわったハナみーは、あやが大声でしゃべっている間、ぴくりともしない。

　ハナみーには、もう、あま《おかあさん》譲りで背の高いあやの姿も目に映らず、あやのいつも唄っているかのように朗々と響く声も届いていないようだった。眠っているのか、起きているのかもわからない。亀岩に浮かんでいた兵隊さんよりも動かない。

　それでもあやはわらっている。

「行ってくるよ」

　ぼくは研いだ鎌を振って研くそを払うと、庭を飛びだした。

　草を食べていた山羊が驚いて顔を上げ、めぇと鳴いた。

「ごめん」

　ぼくがあやまると、山羊はまためぇと鳴いた。


　草刈り場ではなく、砂糖小屋へ走った。

　女の子は水汲みがすんだら、ウム《芋》掘りか砂糖を炊く手伝い。男の子は草を刈って牛に食べさせ、砂糖を炊く手伝い。学校がなくなってから、ぼくたちの一日の仕事は決まっていた。

　思った通り、砂糖小屋へ続く白い道の途中に、さとうきびの束を頭にのせたカミの姿があった。

　カミの体に、さとうきびの束は大きすぎた。カミの細い腰は定まらず、ゆらゆらする。

あまやあやの、しゃんとのびた背筋や、しっかりとすわった腰とはずいぶんな違いだった。

腰がすわってない。だから水汲みもへたなんだ。

ぼくは鎌を背中に差して、カミの頭の上のさとうきびの束を、うしろからぱっと取った。

「マチジョー」

驚かせようとしたのに、カミは大きな黒目をゆっくり動かして、ぼくを見上げただけだった。その目にぼくが映っている。

「自分で運ぶから」

「カミが運んでたら明日になるよ。運んでやるよ」

わらいかけても、わらい返してくれない。

「だって、マチジョーは草刈りにいくんでしょ」

「砂糖小屋は途中だから」

「遠回りでしょ」

カミの声は冷たかった。

「あまに告げ口したろ。トラグヮーと亀岩行ったって。おしゃべりだな」

「わたしが言わなくても、トラグヮーが大騒ぎしてたよ。マチジョーと見にいくって。死体なんか見にいって、こわくないの」

「カミは臆病だな」

ぼくはさとうきびの束を持って先を歩いた。カミの足音があとからついてきた。

背丈はぼくとかわらなくても、カミは軽くて、珊瑚のかけらでできた道を踏む足音は、ぼくの足音にかきけされるほど小さい。ぼくはその音を聞いていたくて、口をつぐんで耳をすますのに、おしゃべりなカミは人の気も知らないで、しゃべりだす。

「わたしが臆病なんじゃなくて、マチジョーがフリムン《ばか》でこわいもの知らずなんだよ。ああやだねー。きっと今晩夢に見るよ。兵隊さんが夢に出てくるよ。マチジョーは寝小便してナビあやに叱られるよ」

　カミはそんなに細い体のくせに、高い声できゃんきゃんまくしたてる。

「ミジガミ《水甕》いっぱいにするのに、朝から何回運んだ？」

　ぼくは話をかえた。カミはもう十歳になるのに、蘇鉄の葉っぱを水桶にのせても、まだ、ぽたぽたこぼしながらしか水を運べない。水汲みを始めたばかりの小さいこどものように。だから、カミが水を運んで歩いたあとはすぐにわかる。

「四回だよ。わるい？」

　カミがむっとして答えた。ホー《水汲み場》は遠かった。細く、くねった道をずっと下っていかないといけない。水桶は頭にのせて運ぶしかないのだ。

「あやなら、二回だ」

　ぼくはわらいとばした。カミの水桶はあやの水桶より一回り小さかった。

「カミ《水甕》のくせに水汲みがへたで、水がないカミ《水甕》は音がする」

　家のミジガミをいっぱいにするのは女の仕事だった。カミ《甕》が空だと、ちょっと叩いても音が高く響く。空のカミがよく響くように、頭が空っぽだとおしゃべりになると、島では女をからかってよく言った。

からかいながら、思う。うちはあまもあやも働き者だから、ミジガミがいっぱいでないときはなかった。むしろ、うちでは男のほうが不甲斐なかった。あちゃ《おとうさん》はワリガミ《割れ甕》という言葉がふっと浮かぶ。男はワリガミと同じでなんの役にも立たないと、島の女は言い返す。

目も耳もだめになって横たわったままのハナみー《兄さん》や、家にいたときも朝に夕に三味線ばかり弾いていたあちゃの背中がよみがえる。

「いっぱいにしたもん。返して」

カミはうしろからさとうきびの束をひったくった。

「マチジョーはさっさと草刈りにいきなさいよ。ナビあやに言いつけるよ」

カミはぼくをにらみつけながら、さとうきびの束を頭にのせた。その黒い目に、またぼくの顔が映っている。

ぼくはカミを追い越して、草刈り場へ走った。

ぼくは走りながら、わらいだした。

カミと会って話すたびに、どうしてだか、ぼくはじっとしていられなくなる。叫びだしたくなる。

叫ぶかわりに、ぼくは草原《くさはら》に飛びこんで、めちゃくちゃに走りまわった。

ずいぶん高くなった太陽に照らされ、草は熱くなっている。世界中が、ぼくに折られた草の匂いでいっぱいになったような気がした。

南風が強く吹くたびに、浜にアメリカの軍艦の食料品が流れつくようになった。

シモヌヤー《下の家》の鶏の声を聞いて、目をさます。こんな戦争中でもかわらず、鶏は毎朝律儀に夜明けを告げて鳴く。ぼくは起きあがるとすぐに、隣りで眠るハナみー《兄さん》を見た。夜明けの薄暗がりの中で、かすかに肩が上下している。

今朝もハナみーは生きている。

あまー《おかあさん》はもうウム《芋》を炊いていた。まずは朝ごはんがヤラブケー《蘇鉄の実の粥》でないことにほっとする。

「早いねー」

あまがふりかえってわらった。

「ウムだね」

「ヤラブケーが続いたからねー、あんたはウムがすきでしょー」

「ヤラブケーでもいいよ」

思わず言ってしまう。どうせあまにはお見通しなのに。

「あんたは優しいねー」

あまの言葉に答えず、家を出た。浜に向かう道を、いっぱいにした水桶を頭にのせて、あや《姉さん》が帰ってきた。

「浜へ行くのー」

ぼくは頷いてすれちがった。背の高いあやの歩いたあとには、しずくの一滴も落ちていなかった。

浜には、何かわからない、アメリカの軍艦の部品や布切れが流れついていた。

沖縄からの浮遊物は毒だから食べてはいけないと、越山の兵隊さんにはきつく止められていた。でも、ぼくは毒が入っていないことを知っていた。

横文字の書かれた缶詰、蠟《ろう》で封された乾パンやお菓子。どれもあんまりおいしそうだったので、こっそりシモヌヤーの鶏に食べさせてみたのだ。翌日になっても鶏はぴんぴんしていた。

いまだに兵隊さんの言うことを信じて、浮遊物には目もくれない人たちが多いので、競争相手が少なくて助かる。食べられそうなものを探して、波打ち際を歩いた。

亀岩まで行くと、この前の片足の兵隊さんのことを思いだした。あのあと、兵隊さんは引きあげられて、火葬にされ、メー《前の》ヌ浜の共同墓地の隅に埋められたという。トラグヮーがいつまでたっても戻ってこないと思っていたら、すっかり焼けてしまうまでずっと見ていたそうだ。次の日に草刈り場で会ったら、おばさんにひどく叱られたとなんだか自慢げだった。

学校があったら、みんなしてトラグヮーに兵隊さんの話をせがんで、トラグヮーは一躍人気者になっていたことだろう。シマ《集落》には新聞もラジオもない。ぼくたちはいつも、どんなニュースにも餓えていた。

ヤマトゥ《本土》から守備隊が来て、隣りのシマにある、ぼくたちの国民学校の校舎に入ってきたのは去年のことだった。ヤマトゥの兵隊さんがえらぶ《沖永良部》の島を守りに、背嚢《はいのう》を背負ってやってきたと、しばらくは大騒ぎだった。ぼくたちは校庭のガジュマルの木の下で勉強をしたけれども、それも今年になるまでだった。守備隊が越山と大山に移って、やっと校舎に戻れるようになったのに、空襲が始まってからは授業そのものがなくなった。茅葺きとはいえ、石垣で囲まれた校舎は兵舎に見えるらしく、空襲があるたびに狙われた。

亀岩のむこうまで行ってみたけれど、今日は缶詰も、袋詰めの食料もみつからなかった。軍艦の轟沈がなかったんだろう。

もう戻ろうと顔を上げたとき、地響きがして、足許が揺れた。

遅れて、どおんどおんと音が聞こえてきた。

「始まった」

ぼくと同じようにアメリカの浮遊物を拾いにきていたアガリヌヤー《東の家》のおじいさんが言った。

おじいさんには、一人息子のおじさんがいたが、日支事変から何度も召集されて、今もフィリピンかどこかの戦地にいる。それでおじさんは結婚もできなくて、アガリヌヤーは年取ったおじいさんとおばあさんがふたりきりだった。

南風にのって、アメリカ軍が沖縄を攻撃する音が島まで届く。腹に響くような音だ。もう何日も、朝から晩までひっきりなしだ。それでいて、夕方五時になるとぴたりとやむのが気味がわるい。時計がなくても時間がわかる。

「よくもあんなに弾があるもんだ」

メーヌ浜のおじいさんが腰をのばしながら、つぶやく。

「沖縄にはもうだれも生きていないんじゃないか」

アガリヌヤーのおじいさんの言葉に頷いて、メーヌ浜のおじいさんが、うなるように言った。

「あの音がやんだら、えらぶの番だぞ」

ぼくたちは波打ち際に立ったまま、海をながめた。もうすぐ、この海のむこうから、アメリカ軍がやってくる。

艦砲射撃の音と地響きは、それから日が暮れるまで、ぼくから離れなかった。


草刈りのあと、山羊を連れて砂糖小屋へ行った。

カミの家とぼくの家は、シマ《集落》では三軒離れているけれど、砂糖小屋はさとうきび畑を間に、隣りあっていた。

ちばりよ《がんばれ》　牛よ

カミの高い声が聞こえてくる。ぼくは石垣からカミの家の砂糖小屋をのぞいた。

さった《砂糖を》ー　なみらしゅんどー《なめさせてあげるよ》

砂糖車をひく牛を追って、太いブイ《腕木》にもたれかかって、カミはゆっくりと唄う。

カミの唄に合わせるように、カミのあまと《おかあさん》あじ《おばあさん》が、きびの束を一束ずつ、歯車にはさむ。

砂糖車の端に置かれたカミ《甕》に、板を伝って、たらったらっと汁が垂れる。

ふぃよー　ふぃよー

唄に合わせ、カミが竹の笞《むち》で牛の尻を叩く。

ちばりよ　牛よ

カミはまた唄う。

同じところばかりぐるぐる回るので、土が剝きだしになり、しめって泥になる。カミの足は赤土に染まっていた。

何年も前の七草粥の日を思いだす。七歳になった子が七軒の家を回り、雑炊をもらって食べる。

カミがちゅらちばら《晴れ着》を着て、お茶碗を持ってうちに来た。ぼくは恥ずかしくて、トーグラ《台所》からちらっと見ただけで、座敷に出ていけなかった。

カミはすごくきれいだったのに。

そのとき、山羊が高くめええと鳴いた。まわりの草を食べつくしてしまったのだ。ほかのところへ連れていけとぼくを急かす。

カミが鳴き声を聞きつけて顔を上げた。

ぼくはあわてて頭をひっこめ、山羊をひっぱって自分の砂糖小屋へ向かった。

さったー　なみらしゅんどー

カミの唄声が風にのって届く。

「遅かったなあ」

待ちかねていたあや《姉さん》がぼくに言った。

山羊をアコウの木に繋ぐと、ぼくもブイを押しながら牛を追った。ユニみー《兄さん》とあやが向かいあって、かわるがわる砂糖車にきびの束をはさむ。

あまはハナみーの世話で家に残っていた。ハナみーは自分で食べることもできなくなって、食事ひとつするのにも手がかかる。空襲があるといけないから、いつもだれかがついていないといけない。うちで山羊を飼うようになったのも、ハナみーの病気には山羊の乳がいいと聞いて、あちゃ《おとうさん》が和泊《わどまり》で買ってきたからだ。

ふぃよー　ふぃよー

カミの声に合わせて、ぼくも笞を振るう。

「カミはいい声だねー」

あやが言った。

「水汲みは下手なのにねー」

あやはわらいながら、ぼくを見た。ぼくは返事をしなかった。

カミが水汲みの練習を始めたのも、七歳のときだった。夏の暑い盛りに、最初は平べったい洗い桶を頭にのせてもらって、運ぶ。一歩ごとに水を浴びて、家に辿りつく前に、桶は空っぽになっていた。スカートの裾からは水がしたたり、カミはずぶぬれで、びしょびしょだった。トラグヮーやヤンバルたちと、腹を抱えてわらった。なんであんたたちは練習しないのーと、あのときカミは真っ赤になって怒っていた。

水汲みは女の仕事だからねー。

そう言ってカミをたしなめたのは、カミのあまだったか、あじだったか。

あのころから、ぼくたちは自分が男なのか女なのか知っていった気がする。ぼくは七歳になっても、ちゅらちばらを着せられなかった。

濡れて風邪をひくから、水汲みの練習は夏に始めるのだが、カミはなかなかうまくならず、寒くなっても水をこぼしては、頭から濡れて、いつも髪からぽたぽたとしずくを垂らしていた。

カミ《甕》がきびをしぼった汁でいっぱいになると、あやたちはふたりがかりで汲みだして、大鍋に入れて炊く。あちゃがいたときは、それはあちゃの仕事だった。どの家でもあちゃが砂糖を炊く。

途中で石灰を少し入れると、その加減でおいしい砂糖が炊ける。でも、あちゃはそれがどうしてもできなくて、みそみたいな砂糖ばかり炊いていた。だから、うちの砂糖は特等にも一等にもならなくて、安い値しかつかなかった。あちゃは、毎年毎年、先祖伝来の畑や田んぼを少しずつ売っていった。

あの田んぼはうちの田んぼだったんだよーと、あやは、通りがかりの田んぼを指さしては、ぼくに教えてくれた。そのころ、ぼくはまだあやの背中に背負われていた。

だからといって、もうなんの関係もないのに、ぼくはいまだにそれを忘れられなくて、その田んぼの前を通るたびに、この田んぼはうちのものだったのに、と恨めしげに見てしまう。

それでも、あちゃがいないと、砂糖しぼりも砂糖炊きもはかどらない。半年近くも続く製糖作業も、終わった家がぽつぽつ出はじめていた。カミの家でももうすぐ終わるらしいのに、うちはまだ終わりが見えない。代掻《しろか》きも近い。あちゃがこのまま帰ってこなかったらどうしようと、こわくなる。

ちばりよ　牛よ

牛は砂糖車を真ん中にぐるぐる回りつづける。アコウの木に結びつけた山羊も、木を真ん中にぐるぐる回りながら草を食べていた。

ウム《芋》かヤラブケー《蘇鉄の実の粥》の晩ごはんを食べたあと、カミのあじ《おばあさん》が気が向くと、むんがたい《昔話》をしてくれる。

それはたいてい、月のきれいな夜で、カミが、むんがたい、しゅんどー《するよー》と、呼びにきてくれる。

「あーしし《赤肉》むんがったい《物語》、ききたいでしょー」

カミはつばをのみこみながら言う。むんがたいのことをあーししむんがったいともいう。あーしし《赤肉》が何よりもおいしいように、カミのあじのむんがたいはおもしろかった。もう、あーししなんて、ぼくもカミもずいぶん食べてない。

ぼくはカミと一緒に走っていった。ちょっと前まではユニみー《兄さん》もあや《姉さん》も一緒に聞きにいっていたのに、最近は来ない。あちゃ《おとうさん》の分も働いて疲れているのか、晩ごはんを食べるとすぐに寝てしまう。そうでなければ、竹槍訓練に駆りだされている。

カミの家では、あじが膝にナークをのせて、とーとぅふぁい《お月様》、とーとぅふぁい《お月様》と、月に孫の成長を祈っていた。カミの弟のナークは、二歳になるというのにまだ歩かない。

「おしっこ、してきたのー」

「してきたよー」

庭に広げられたむしろの上には、トラグヮーもヤンバルもいて、ちょっとがっかりした。ヤンバルの隣りに横になると、ナークを間にはさんで、カミがぼくの隣りに横になった。

「むかしねー、あま《おかあさん》がウム掘りにいって、あや《姉》とうとぅー《弟》がるすばんをしてたんだよー」

あじも、むしろの上に横になって、語りはじめる。ちっちゅがなしぬはじきりちゅー《月の中の足の切れた人》だと、ぼくとカミは目を見合わせた。月が丸く見える夜に、あじはいつもこのむんがたいをする。

やがて、あまに化けた鬼がやってきて、うとぅーを抱いて寝る。

「あやがあまの背中をうしろからさすったら、下にはするーするー《つるつる》、上にはかすかす《かさかさ》してねー、これはあまじゃないってねー」

ぼくはこのむんがたいのこのくだりが一番すきだった。

あやの機転で、おしっこに行くふりをして逃げだしたあやとうとぅー。でも追いかけられて、ふたりは高い木にのぼる。鬼はふたりにどうやってのぼったかたずねる。頭を下にして、足を上にしてのぼったとあやが嘘を教えたので、鬼はその通りにするが、のぼれない。うとぅーがそれを見て、わらって本当のことを言ってしまう。

「ちがうよー、頭を上にして、足を下にして、のぼったんだよー」

鬼がその通りにしてのぼってきたので、あやは月に願う。

「ちっちゅがなし《お月様》、ちっちゅがなし、わたしたちをかわいそうに思うなら、天から綱を降ろしてください」

天から鉄の綱が降りてきて、あやはうとぅーを先にのぼらせている間に、鬼に片足を食われるが、天に引きあげてもらえる。鬼には腐った綱が降りてきて、鬼はのぼろうとするが綱が切れ、菖蒲《しょうぶ》畑に落ちて死ぬ。

「あがりとぅーさ《おし》、いーとぅーさ《まい》」

あじはいつもの言葉で語りおさめたあと、またいつも言うことを言った。

「だからねー、をぅない神《姉妹》はたかさ《尊い》。をぅない神は拝みなさい。をぅない神の言うことは肝にしみて聞きなさい」

これは、ぼくたち男きょうだいに向けた言葉だった。姉や妹の女きょうだいはみんな、をぅない神という神で、男きょうだいを守るものだった。

だからぼくが熱を出したり、けがをしたりしたときには、きまってあやがあまに叱られるのだった。あれはいつのことだったろう。牛の水浴びにかこつけて、寒い日にため池で泳いだぼくがわるかったのに、あやがあんたのせいだよーと叱られていた。ぼくは熱にうかされながら、夢うつつであやに謝りつづけた。

「いん《うん》」

ぼくたちは口をそろえて返事した。

「をぅない神の願いは必ず通るからねー」

あじはカミに言った。

「いん」

カミは起きあがり、眠ってしまったナークの額をなでながら頷いた。月の光が、あらゆるものの輪郭を白く縁取りし、うつむくカミの横顔も白く浮かびあがらせている。

ぼくがみとれていると、カミはふと顔を上げ、両手を上げて、ぼくたちに言った。

「こうやって指を組んでのぞいてみてー」

カミは指の間のすきまから月を見上げた。

「ほら、七色に輝くんだよー」

「ほんとだー」

トラグヮーが真似して喜んだ。ぼくもカミと同じものを見ようと、指の間から月をのぞいた。月がとりどりの色に光っていた。

驚いて手を下ろし、見上げた月は、もとの色に戻った。そこには、片足をなくしたあやが立っているように見える。

今ごろうちでは、ナビあやはまた、ハナみーの世話をしているんだろう。

月が地面に影を映していた。庭の木の葉っぱが風に揺られて、ぼくたちの上に刻まれた影も揺れていた。

代掻きまでには帰ってくることを願っていたが、あちゃ《おとうさん》はとうとう戻らなかった。

久しぶりに雨が降った夜、あまが《おかあさん》押切《おしきり》で蘇鉄の葉を切りながら言った。

「ユニみー《兄さん》、マチジョー、明日はあんたたちで代掻きをしてねー」

ふたりだけで代掻きをするのは初めてだった。あまに手伝ってもらいながら、ユニみーとふたりで牛に犂《すき》をつける。

あや《姉さん》が押切で切った蘇鉄の葉を堆肥に撒《ま》いてくれた。

みんな、ずっと、雨が降るのを待っていた。珊瑚でできたこの島では、山に降った雨は地面の下を流れ、それが地上に湧きだしたところで水を汲んで暮らす。代掻きは雨次第だった。夜中に降った雨のおかげで、やっと田んぼに水が満ちた。

シマ《集落》中の田んぼで代掻きが始まった。カミも弟のナークを背負って田んぼに入り、蘇鉄の葉を撒いている。

転ぶんじゃないか。

もどかしいほどにゆっくり田んぼの中を歩くカミ。一足ごとに、カミの細い足にからみつく泥と蘇鉄の葉が、カミを転ばせそうではらはらする。

「マチジョー、何見てる」

ユニみーの声にはっとする。

「行くぞ」

ユニみーは前から牛の角をひっぱって、泥の中を歩きだした。

「ドードー」

進めという合図だ。牛は嫌がってか、頭を振って、もうと鳴いた。

「チーチー」

牛は相手を見る。あまゆずりで背が高いユニみーには、鳴いただけでおとなしく歩きだした。右へ寄れという合図にも素直に従う。ぼくがひいても言うことをきかないに決まっている。砂糖車をひかせるときだって、まだ小さいぼくやカミのことは侮《あなど》って、笞を使わないと歩いてくれない。

ぼくは、牛がひく犂が倒れないように押さえながら、牛のあとをついていく。

このごろはみんなが空襲日和と呼ぶ、いい天気だった。カミは畦《あぜ》に上がって、ナークをあやしている。カミはいつも、頭に水桶やきびの束をのせているか、ナークを抱いたり負ぶったりしている。

そのとき、越山の上に飛行機が見えた。

グラマンだ。

見えてから音が響いた。

悲鳴が上がり、みんな走りだした。

ユニみーはちょうど畦近くまで牛をひいてきていたから、牛を置いてすぐに田んぼを飛びだし、畦を走っていった。カミのあとを追うように、逃げていく。

みんなが走っていくのを見ながら、ぼくは田んぼの真ん中で、逃げることも知らない牛と一緒に、泥に足を取られていた。

あべー《しまった》と思ったときには、ばばばばばと撃たれていた。

泥がはねかえる。

グラマンの機銃は牛とぼくのちょうど間を撃っていき、牛はびっくりして跳ねたが、幸い、牛にもぼくにも弾は当たらなかった。

飛行機の音は頭の上に来ていた。飛行機が頭の上まで来たら、もう撃たれる心配はない。ぼくはどんな人が撃ってるのかと思って、飛行機を見上げた。

すると、操縦席の人も、うまく撃てたかなと、ちょうどぼくを見下ろしていた。ヘルメットをかぶっていて、どんな顔かはよくわからなかったが、その瞬間、ぼくたちはたしかに目と目が合った。

そのままグラマンは機首を上げ、けたたましい音をたてて、海のほうへ飛んでいった。

蘇鉄の下へ逃げていた人たちが戻ってきた。

「マチジョー」

ぼくを置いて逃げたユニみーが一番に走ってきて、ぼくの肩をつかんだ。

「なんでおまえは逃げなかった」

逃げたくても逃げられなかった。それにもし逃げていたら、逆に機銃掃射でやられていただろう。

そう答える前に、ユニみーはなおも怒鳴った。

「飛行機なんか見てる場合か。すぐ逃げなきゃだめだ。逃げられないときは伏せるんだ」

「まあ、よかったよかった。マチジョーが無事で」

戻ってきたあやがとりなすように、畦から声をかけてくれた。

「マチジョー、顔が泥だらけだよー」

あやは嬉しそうにわらった。

カミもその横に立っていた。

カミは何も言わず、ぼくをにらんでいた。

ぼくは顔の泥を拭《ぬぐ》いながらカミを見上げた。きっとおかしな顔になっているんだろう。ぼくはカミにわらってほしくて、顔をさらしてわらいかけた。

でもカミはわらわなかった。

うつむくと、カミの足に赤いぶつぶつが出ているのが見えた。ちくちくする蘇鉄の葉でかぶれたんだろう。いかにもかゆそうで、かわいそうに思って見上げたけど、カミはまだぼくをにらんでいた。


空襲を避けて、草刈りも水汲みも、広い道でなく、蘇鉄の下や墓道《はかみち》を通っていくようになった。

カミはこわがりだから、水汲みはナビあや《姉さん》と行くようになった。でも、あやは二回でミジガミ《水甕》をいっぱいにするのに、カミは水汲みが下手だから、あと二回はひとりで行かないと、いっぱいにできない。

ぼくは刈った草を運んだり、山羊に草を食べさせたりしているようなふりをして、カミのあとをついて歩いた。

「マチジョー、来なくていいよ」

すぐに、カミがぼくに気づいて言った。

「ぼくもそっちなんだ」

ぼくはカミのうしろから言った。

カミがぼくに背を向け、また歩きだす。空桶だと、歩くのが速い。

海のほうから、どおんどおんと艦砲射撃の音が響く。晴れた日には与論島のむこうに沖縄の島影が見えるとはいえ、船で行けば六時間はかかる。それなのに、音が届くのがふしぎだ。

「マチジョーはこわくないの」

トゥール《風葬》墓に続く墓道は、うやほー《先祖》がひょこひょこ通る道と言われていた。

「こわくないよ」

ぼくはカミのすぐうしろまで近づいて言った。蘇鉄の間の道は、ふたり並んでは通れない。

「うやほーはいい人だよ。島の蘇鉄はみんな、うやほーが植えてくれたんだろ。なんでうやほーをこわがるのかわからないよ」

蘇鉄の赤い実には、三つ食べれば牛が死ぬというくらいの毒がある。でも、水にさらして毒抜きをすれば、粥になり、だんごになり、みそになる。蘇鉄は雄の花と雌の花があって、なかなか実がならないものだが、うやほーが島中に植えてくれたおかげで、毎年ぼくたちはヤラブ《蘇鉄の実》に事欠くことがない。ぷちゃぷちゃしてのりみたいなヤラブケー《蘇鉄の実の粥》はすきじゃないけど、食べるものがないよりはましだ。

「みのなるそてつ、おくにのたから」

カミがつぶやいた。学校があったとき、それも一年生の最初に先生に教えられて、みんなでくりかえした言葉だった。食べるだけじゃない。運動会が近づくと、みんなで山へ行って実を取って、玉入れの玉にした。昔は蘇鉄の綿毛を巻いてまりにもしたという。

あのころは、あちゃ《おとうさん》がいた。空襲もなかった。運動会の弁当は真っ白な握り飯で、前日には、それをくるむハジキヌファー《オオハマボウの葉っぱ》をみんなで取りにいった。運動会の前は、みんながハジキヌファーを取るので、遠くまで行かないと、なかなかみつからなかった。

空襲が始まって、そういう行事はなくなった。シマ《集落》のそばでもハジキ《オオハマボウ》が丸い葉をたくさん広げて、風に揺れている。

「女子組でも習った?」

学校は女子組と男子組に分かれていた。女子と男子は口をきいてはいけなかった。遊ぶときも別々だった。

「習ったよ。竹槍訓練だってしたよ」

カミが言った。女子が竹槍訓練をしていたのはよくおぼえている。木に藁を巻きつけた人形を、「つけ」と言われたら突き、「ひけ」と言われたら引く。

カミは長い竹槍をもてあまし、「つけ」と言われたときに引いて、「ひけ」と言われたときに突いて、先生に叱られ、みんなにわらわれていた。

そのときのカミを思いだして、ぼくはわらった。

「上手だったね」

「見てたの」

「見てたよ。上手でびっくりしたよ」

男子だったらまちがいなくビンタされていただろう。行進で右と左をまちがえてビンタされたことも、授業中に居眠りをして、割れるくらい竹の笞で叩かれたこともあった。決まって先生は、こんな状態で兵隊に行けるもんかと怒鳴った。

カミの竹槍訓練のときは、先生も叱りながらわらっていた。

カミもようやくわらった。

「代掻きのときね」

カミが言った。

「わたし、マチジョーが逃げなかったから、怒ってたんだよ。マチジョーはこわくないの」

カミが訊いていたのは、うやほーのことじゃなくて、空襲のことだった。

「こわくないよ」

いずれにせよ、ぼくの答えは同じだった。

「グラマンは機銃掃射するだけだし、真上まで来たら、もう撃たれる心配はないんだから。斜めに来たときだけ逃げればいいんだよ」

「なんでマチジョーはそうやっていつもへらへらわらってるの。死んだらどうするの」

ぼくはへらへらわらっていたつもりはなかったので、カミにそう言われて、手で顔をたしかめた。たしかに口の端が上がっている。

「死んだらどうするのよ」

カミはぼくをにらみつけた。

海からはずっと、艦砲射撃の音が響いていた。西からの光で、カミの片頬だけが赤く染まっていた。ぼくは、カミのあちゃとみー《兄さん》が死んだばかりだったことを思いだした。

カミのあちゃは四度目の出征で、また中国へ行ったと思っていたら、いつの間にか南方のブーゲンビルというところまで行っていて、四十歳を前にしてそこで死んだという戦死公報が届いた。教室の壁には、日本が占領したところに日の丸を立てた地図が貼ってあったが、ブーゲンビルは台湾やフィリピンよりもずっと遠くで、赤道をこえた先にあった。

たったひとりの兄のイチみー《兄さん》はシマ一の秀才だったが、貧しくて大島《奄美大島》や鹿児島の中学校へは行けない。上の学校へ行って勉強したいと予科練に入って航空兵になって、フィリピンの特攻に加わって死んだ。二階級特進して、あちゃよりも大きな墓が建てられた。

「ぼくは死なないよ」

カミの剣幕に、とっさにぼくは言った。

「あちゃもそう言ったよ」

カミは叫んだ。

「イチみーだって」

カミは白い珊瑚の砂を蹴散らし、ぼくを置き去りにして走っていった。


代掻きがすむと、空襲がひどくなった。

グラマンは動くものを撃つ。水の張られた田んぼが日光を反射してきらきら揺れるせいじゃないかと噂された。

シマ《集落》でも、家の茅をみんな抜いて骨組みだけにして燃えにくくし、イョー《洞窟風葬》やトゥール墓に疎開する家がぽつぽつ出はじめた。役場も診療所も疎開した。学校では御《ご》真影《しんえい》が真っ先にイョーに運ばれた。

でも、カミの家もぼくの家も疎開はしなかった。ぼくの家はあちゃ《おとうさん》がいなくて、疎開したくてもできなかった。カミの家もあちゃが戦死していたが、警防団長のじゃーじゃ《おじいさん》は健在で、いつでも疎開できたのに、あちゃが留守のうちを気遣ってくれているようだった。

みんな、昼間は背中に草を背負い、偽装して田植えをした。牛の背中にも草を背負わせて、アメリカの飛行機の目を欺く。

でも、そもそも働き盛りの男はみんな召集されて、女こどもと年寄りばかりな上に、飛行機の音がするたびに、いちいち蘇鉄の葉陰に隠れるので、ちっともはかどらない。

困っていると、大山から兵隊さんたちが五人ばかり来て、田植えを手伝ってくれた。兵隊とはいいながら、島の人と同じばしゃちばら《芭蕉布の作業着》を着て、縄の帯をしめている人ばかりだった。飛行機の音がしても平気で田植えを続けるし、なにしろ屈強な若者ぞろいなので、みるみるうちに田んぼは緑になっていった。

「兵隊さんがうかぎ《兵隊さんのおかげで》、へーさたーういしだんどー《早く田植えがすみました》。みへでぃろどー《ありがとうございます》」

お昼になり、畦に上がった兵隊さんたちに、カミは屈託なく声をかけた。その言葉が兵隊さんたちには通じず、きょとんとしている。

「兵隊さん、ありがとう」

カミがヤマトゥ《本土》の言葉で言い直すと、兵隊さんたちはほっとしたようにわらった。

「この島の人たちは、みんな日本語が上手だね」

ひとりが手拭いで汗を拭いながらカミにわらいかけた。

「小さいのに、えらいね。君は学校で日本語を習ったの？」

カミは、その質問に戸惑いながらも、頷いた。まわりの大人たちも顔を見合わせる。

どうやら、兵隊さんたちは、この島を日本の一部だと思ってないらしい。

あまたち《おかあさん》がウム《芋》を運んできた。

「兵隊さんたちはどこから来たの？」

兵隊さんたちにウムを配りながら、ヤマトゥ言葉でカミは訊ねた。

すると、兵隊さんたちはみな、困ったように顔を見合わせた。機密事項かと気をきかせたカミのじゃーじゃが、大きな声でわらいながらとりなした。

「お国がどこでも、みんな同じ日本人ですからねー」

その言葉には、さっきの兵隊さんたちの発言に対する非難もこもっていることが、ぼくたちにはわかった。

けれども、兵隊さんたちは言葉通りに受けとめたのか、ほっとしたようにわらいながら答えた。

「自分の郷里は熊本です」

「自分は東京です」

口々に言う。出身地が機密事項でないなら、なぜさっきカミの質問に答えなかったのか。ぼくたちはいぶかしく思ったけど、じゃーじゃは何も問わずに頭を下げた。

「そんな遠くから、わざわざこの島を守るためにご出征されたのですね。ありがたいことです」

それから四日間、兵隊さんたちは田植えを手伝ってくれた。終わったときには、握り飯と蘇鉄焼酎がふるまわれた。

握り飯を羨ましく思いながら遠巻きに見ていると、カミが、ハジキヌファー《オオハマボウの葉っぱ》に包んで、こっそりひとつだけ持ってきてくれた。

「内緒だよ」

カミはささやいた。

ぼくは家のそばのガジュマルの木にのぼって隠れて食べようとしたが、カミはいやだと言ってのぼってこなかった。

しかたがないので、山羊に草を食べさせに行くふりをして、フジチ山まで行った。山羊は柔らかい草を嫌い、とげのある草しか食べない。フジチ山のまわりには、いつも山羊のすきな草が生えている。山羊は喜んでもりもりと草を食べた。

ぼくたちはフジチ山のふもとの草の中にすわり、握り飯を半分こして食べた。涙が出そうになるくらいうまかった。ぼくの家では、あちゃが徴用されていなくなってから、一度も白い米を食べていなかった。

カミはそれを知っていて、握り飯を取ってきてくれたことはわかっていた。カミが何も言わないように、ぼくもお礼は言わなかった。カミは二つに割って、大きいほうをぼくにくれた。それもわかっていたけど、ぼくは何も言わなかった。

「こんなところで食べるなんてねー」

カミはフジチ山を見上げて言った。

「ここならだれも来ないだろ」

フジチ山はシマ外れの小高い丘だ。大昔の墓で、上がると祟《たた》りがあると言われていて、だれも足を踏み入れず、手つかずの森になっている。墓石を指さしたときのように、指を指しただけで指が曲がると言われる、ぬんぎどころ《こわいところ》だ。

「カミが木にのぼれればよかったんだよ」

「あんな木ぐらいわたしだってのぼれるよ。ただ、あそこだとみんなにみつかるからいやだって言ったんだよ」

言い訳だとわかっていたけど、何も言わないでおいた。わかっているけど言わないことが、カミとぼくの間にはたくさんあった。

「カミは普通語がうまいねー」

ぼくはいつものように、どうでもいい話をした。学校ではヤマトゥ言葉のことを普通語とか共通語と呼んで、島ムニ《言葉》を使わずに普通語をしゃべるようにと言われていた。でも、島ムニで育ったぼくたちにはそれが難しく、なかなか普通語が出てこなかった。

カミは頷いて、海をながめると、ふと言った。

「わたしね、いつか、日本語の先生になりたいんだよー」

「日本語の先生?」

「先生が言ってたよ。戦争に勝ったら、わたしたちみんな、世界中で日本語の先生になれるって。わたし、島から出て、世界のあちこちに行ってみたいんだよー」

遠くを見ているカミがまぶしかった。ヤマトゥ言葉がうまいカミならなれると思ったけど、口には出せなかった。

ぼくは山羊の乳をカミにしぼってやった。カミはいちごの葉っぱを丸めてコップにして、ぼくがしぼる山羊の乳を受けた。

「ちょっとでいいよー」

ハナみー《兄さん》の分がなくなることを気遣いながらも、カミは生温かい乳を一気に飲みほした。

急に風が強く吹いて、空が暗くなった。

山羊は雨に濡らすと死ぬといわれる。すっかり満腹した山羊の歩みは遅かった。ぼくたちは交代で山羊をひっぱりながら歩いた。

まだシマは遠いのに、とうとうざあっと雨が降ってきた。白い道がけぶって見えなくなる。

ぼくは山羊をひっぱって走りだした。

「濡らすと死ぬよー」

カミも言って、山羊を追って走った。それでも少しでも濡れないよう、木の下ばかり選んで、シマまで急ぐ。

なんとか家に辿りつき、小屋に入れたときには、山羊の背中はぐっしょり濡れていた。カミがあわてて、自分のシャツやもんぺで山羊の背中を拭いた。それを見て、ぼくもシャツで山羊の背中の毛が逆立つほどに、ごしごし拭いた。

拭きながら、急におかしくなって、ぼくはわらいだした。カミもわらった。

「カミ、ぐしょぐしょだよー」

「マチジョーもだよー」

山羊だけがわらわず、背中の毛を逆立たせて、しかつめらしい顔をしていた。

ぼくたちは、雨の音が聞こえなくなるほど、わらってわらってわらいつづけた。

浮遊物を拾いに浜へ行くと、明けて間もない空を日本の飛行機が飛んでいった。

「ばんざーい、ばんざーい」

ぼくも、浜にいた人たちも、友軍機に向かってちぎれるくらいに両手を振った。

沖縄のアメリカ軍の軍艦を攻撃する特攻機だ。レーダーに捉えられないよう、鹿児島から高度を低く保って飛んでくるから、翼の真っ赤な日の丸までくっきり見える。この島にアメリカの軍艦の浮遊物が流れつくのも、特攻機がアメリカの軍艦に体当たり攻撃をしてくれるおかげだ。

「特攻隊のおかげで、えらぶ《沖永良部島》にはアメリカが来ないんだよー」

「感謝しないといけないよー」

メーヌ《前の》浜のおじいさんたちが言った。

南へ飛んでいく友軍機は毎日のように見るけれど、北へ飛ぶ友軍機は見たことがなかった。

それを思うと、胸がつまった。イチみー《兄さん》もこうやってフィリピンへ飛んでいったんだろう。

そして、戻ってこなかった。手を振らないではいられなかった。

アメリカ軍の食料品のかわりに魚を獲ってティル《かご》に入れ、蘇鉄の茂る墓道を戻っていると、ナークを背負ってカミが来た。

ナークは泣いていた。

「目がさめてからずっと機嫌がわるくてねー、じゃーじゃ《おじいさん》とあじ《おばあさん》が怒るから」

やがて海から艦砲射撃の音がどおんどおんと響いてきた。今朝も沖縄への攻撃が始まった。

「わらび《こども》は神さまというから、何か今日はあるのかもしれないね」

カミはしゃくりあげるナークの尻をぽんぽんと叩きながら、南のほうを見た。

ナークは、イチみーが予科練へ行き、カミのあちゃ《おとうさん》が最後に出征するときは、まだ生まれていなかった。父親が出征するとき、その父親の幼いこどもが、火のついたように泣くことがあり、そういうときはたいてい、出征した父親は戦死して戻ってこなかった。わらびは神さまというから、わらびには感じるものがあるんだよーと、町をあげてのその父親の葬式から戻ってきたあま《おかあさん》が、話していたのを思いだす。

そのとき、飛行機の爆音がした。と思うと、地面が大きく揺れた。グラマンだけじゃない。爆撃機が爆弾を落としたのだ。

「空襲だ」

ナークは火がついたように泣きだした。

すぐ先には、避難所になっているトゥール《風葬》墓がある。

ぼくはカミの腕をつかんだ。

「こっちだ」

ぼくは蘇鉄の下の墓道を通って、トゥール墓に飛びこんだ。薄暗いイョー《洞窟》の中には、うやほー《先祖》の骨の入ったカミ《甕》を片寄せて、隣りのシマ《集落》から避難しているおばさんたちがいた。

「早く奥に入りなさいねー」

カミはおばさんたちに手をひいてもらい、岩をよじのぼって奥にもぐりこんだ。散らばる白い骨を踏まないように用心して歩き、骨甕から離れてしゃがむ。

飛行機の音が響いていたが、この中なら安心だ。それなのに、ナークが泣きやまない。

「グラマンに泣き声が聞こえるよ」

ひとりのおばさんが言った。

「早く、泣きやませなさい」

別のおばさんも言った。薄暗がりで、顔が真っ青に見えて、気味がわるい。天井からは時折、水がぼたりと落ちてくる。

「ふぁー《鳩》とぅ《が》ぬとぅだん《飛んだよ》」

カミが言って、上を指さした。こどもが転んで泣きだすと、まわりの年長者はこう言ってごまかし、泣きやませるのが常だった。

イョーの中で鳩が飛ぶわけがない。もちろんナークは、カミが指すほうを見もせず、泣きつづける。

カミは背中からナークを下ろした。

「泣かないで、泣かないで」

ナークを抱きしめて、カミが泣きそうだった。

「泣かないでよー」

カミはナークの小さな体にかぶさるように、ぎゅうっと抱きしめた。

「グラマンに聞こえるでしょー」

青い顔のおばさんが声をひそめて言った。

「その子のせいで、みんなが死ぬよー」

声を上げるとグラマンに聞こえそうでこわいんだろう。抑えた声で続けた。奥にはおじいさんもいる。じめじめした薄暗いイョーの中で、こもっている人たちはみな、同じ色に染まっているように見えた。

「あんたたち、出ていってー」

ぼくとカミは思わずおばさんの顔をみつめた。青い顔は本気だった。

「早く出ていってー」

ナークの泣き声の中でも、おばさんの言葉ははっきり聞こえた。

ぼくはナークを抱くカミの肩に手を置いた。

「出よう」

カミは首を振った。

「早く出ていってよー」

おばさんのうしろにいる人たちは何も言わない。でも、おばさんと区別がつかないほどに同じ顔をして、こちらをじっと見ていた。

「出るしかないよ、ぼくも出るから」

青い顔のおばさんがカミの背中をぐいぐい押した。

ぼくはカミの腕からナークを抱きとって、立ちあがると、先にトゥール墓を出た。カミもすぐについてきた。

ふりかえると、おばさんたちがイョーの奥へ入っていくのが見えた。青い顔のおばさんはその背中に赤ん坊を背負っていた。赤ん坊の白い顔だけが、ぼくたちを見送っていた。

空襲は続いていたが、光がさす明るい場所へ出て、ぼくはほっとした。

グラマンらしき戦闘機が何機か見えた。またからっぽの校舎を狙っているんだろうか。山むこうで火の手が上がるのが見えた。

うちのシマが撃たれていなくてよかったと思った。空襲になっても、寝たきりのハナみーは大きすぎて、あちゃがいないと防空壕まで運べない。

泣きやまないナークをぼくが抱いて、蘇鉄の下に隠れ、山の奥に向かって歩いた。

それほど歩かないうちに、岩陰があった。そこに三人でしゃがみこむ。蘇鉄の葉がおいしげり、ぼくたちを隠してくれた。

また、隣りのシマの学校の校舎を狙って撃っているのだろう。近い。

ぼくたちの頭の上に、空になった薬莢《やっきょう》がぱらぱらと降ってきた。もし当たったら、大変なことになる。ぼくはカミの肩を抱いて、岩陰の奥へ後ずさった。珊瑚でできた岩は固くとがっていて、背に食いこむ。

「泣かないでよー、泣かないでよー」

言いながら、カミが泣いていた。

ちばりよ《がんばれ》　牛よ

ぼくはカミがさとうきびをしぼるときにいつも唄っている唄を、ナークの耳にささやいた。

さったー《砂糖を》　なみらしゅんどー《なめさせてあげるよ》

ナークがひとつしゃくりあげて、泣くのをやめた。

ふぃよー　ふぃよー

カミがぼくの声に合わせて唄いだした。

ちばりよ　牛よ　さったー　なみらしゅんどー

ナークはきょとんとして、耳をすましている。

ふぃよー　ふぃよー

ぼくたちは声をそろえて、敵機が飛んでいくまで唄いつづけた。

やっと徳之島からあちゃ《おとうさん》が帰ってきた。もともと小柄な体が一回り小さくなっていた。

「食事は一日二回きりだったよー」

あちゃは、あま《おかあさん》が並べたウム《芋》と、ぼくが浜で拾ってきた、とっておきの肉を食べながら、自分のせいじゃないのに、言い訳のように言う。

「毎日毎日空襲があって、兵隊さんたちは定期便って言ってたよー。定期便のあとには飛行場中穴だらけでねー、それを土を運んで埋めるのが仕事だったよー。穴を埋めるとねー、次の日にまた穴があくんだよー。埋めても埋めてもきりがないんだよー」

いつも無口なあちゃがめずらしく饒舌にしゃべった。

「この舌はおいしいねー。どこか牛をつぶしたのー」

「マチジョーが拾ってきてくれたんだよ。アメリカの軍艦の浮遊物だよ」

あやが《姉さん》ぼくのかわりにこたえた。

「毒じゃなかったのー」

「マチジョーはこわいもの知らずだからねー。鶏に食べさせてみたんだってー」

「どこの鶏ねー」

うちでは鶏は飼っていなかった。

「シモヌヤー《下の家》のだってー」

「毒が入ってたら大変なことになってたねー」

あやもあまもわらいながら話した。

「乾パンもあるよー、みんなで食べようねー」

流れつく浮遊物には、アメリカの兵隊の携行食らしい乾パンやお菓子の袋詰めが多かった。でもこれはなぜか牛の舌ばかりが入っていた大きな缶詰だった。開けたときにはぎょっとしたが、毒がないことをたしかめたら、あまが塩漬けにしてくれた。

とっておいていた蠟引きの袋を開け、あまが中の食料を出して並べた。乾パンや缶詰をみんなで分けて食べると、残ったたばこはあちゃに、チューインガムはぼくにくれた。ぼくはかまずにポケットにしまった。

あちゃが帰ってきたので、すぐにうちも畑の砂糖小屋に避難することになった。カミのじゃーじゃ《おじいさん》も喜んで、カミの家も一緒に避難した。

あちゃが、もう歩けないハナみー《兄さん》を背負った。あちゃはがっしりしているけど背が低いので、ハナみーの長い足が地面に着いてしまう。ユニみーとぼくも手を貸して、なんとかハナみーを砂糖小屋まで担いでいき、運んできた畳の上に寝かせた。

荷物もみんな砂糖小屋に運びおわると、総出で家の屋根の茅を抜いた。

そこへ、カミのあまがお祝いに白米を持ってきてくれた。

「あちゃが無事に戻ってきてよかったねー」

カミのあちゃは戦死して二度と戻ってこないのに、カミのあまはにこにこしている。ぼくが受けとると、みんなに聞こえるくらいの大きな声で言った。

「この前はありがとうねー。マチジョーは強いねーって、カミが言ってたよー」

「あれ、マチジョーが何したのー」

屋根の茅をまとめていたあまとあやが聞きつけてたずねる。

「この前の空襲のときねー、ナークが泣きやまなくてねー、マチジョーが一緒に逃げてくれてねー」

「あべー《あれー》、知らなかったよ、マチジョーはえらいねー」

ぼくはこそばゆくて、その場を離れ、屋根にのぼった。

「水がないカミ《甕》は音がするよー」

いつまでもカミのあまが話をやめないので、ぼくが屋根の上から叫ぶと、カミのあまもあまもあやも、けらけらわらった。


砂糖小屋に疎開してからは、生活が昼夜逆転した。

昼間は空襲を避けて砂糖小屋にこもって寝て、夕方になると起きて、「鼻の下は口だから」

と言いあいながら、闇夜に手探りで畑にウム《芋》を植える。

どの家もウムを植えおわるころ、あちゃ《おとうさん》は三味線を持って、刈り取ったあとのさとうきび畑に出た。

雲が覆って、月も星も見えず、真っ暗だったけど、三味線にも唄にも明かりはいらない。

あちゃが弾きはじめると、まわりの砂糖小屋に疎開している人たちも集まってきた。だれがだれかは暗くてわからないけど、唄声でわかる。唄声があちらこちらから、だんだん近づいてくる。

あの一際高いきれいな声はナカヌヤー《中の家》のおばさん。かすれた声はトーヌヤー《広場の家》のおばあさん。

あや《姉さん》も唄って踊りだす。あやは低い声だけど、よく通る。あちゃゆずりで、唄も踊りもうまい。

畑に踊りの輪ができて、見えなくても、おばさんたちの手踊りのひらめきが感じられる。

カミのじゃーじゃ《おじいさん》も三味線を弾きながらやってきた。カミのじゃーじゃの三味線は、あちゃの三味線より音が少なくて溜《ため》が多いから、すぐにわかる。きっとカミもついてきてるにちがいない。でも、カミはいつも恥ずかしがって唄わないし、踊らないから、どこにいるかわからない。

アンチャメグヮ節とウシウシ節から始まった真夜中の唄遊びは、サイサイ節、シュンサミ節と、果てしなく続く。

ぼくはじゃーじゃの三味線の音を頼りに、カミを探した。ちょうど雲が切れて、おぼろに曇った月が出た。案の定、カミはじゃーじゃのうしろから、みんなの踊りをじっと見ていた。ぼくはカミのそばに行った。

「これやるよ」

ぼくはカミにあげたくてずっと持っていたチューインガムを差しだした。

「この前、握り飯をくれたから」

「ガムなんて、どうしたのー」

「アメリカ軍の浮遊物だよ。でも毒じゃないよ」

ガムをカミの手に押しこむと、カミは匂いをかいで言った。

「いい匂い」

気のせいか、暗闇に甘い匂いがしたように思った。

「じゃあ、半分こしようよ」

「いいよ。ひとりでかめよ」

「じゃあ、かわりばんこにかもうよ」

ガムは配給が全くなく、酒やたばこよりも貴重品だった。カミはガムの包み紙を開くと、口に入れて、かみはじめた。今度はたしかに、甘いガムの匂いが漂ってきた。

「……いち《五》、むーち《六》、ななち《七》、やーち《八》、くぬち《九》、とぅー《十》」

カミは数えながらかむと、ガムを口から出して、差しだしてきた。ぼくは思わず受けとってしまった。

「今度はマチジョーのばん」

カミにかまれて丸くなったガムはやわらかく、あたたかかった。これをぼくがかんだら、またカミがぼくのかんだガムをかむことになる。とまどっていると、カミが屈託なく急かした。

「早くー」

カミに急かされたのは初めてだった。ぼくはあわてて口に入れて十回かんで、またカミに返した。

「てぃーち《一》、たーち《二》、みーち《三》、ゆーち《四》……」

カミはまた十回数えながらかんで、うっとりとつぶやく。

「麦よりおいしいねー」

麦をかんでも、ずっとかんでいればガムのようにむちむち《もちもち》してくる。麦畑にすずめを追いにいって、麦を取ってはかんで、「すずめはあんたねー」と、カミはよく、あまや《おかあさん》あじ《おばあさん》に叱られていた。

「明日はマチジョーのばんね」

シュンサミ節の最中にそう言うと、カミはガムをかみながら帰っていった。ぼくも砂糖小屋に戻ると、ハナみー《兄さん》だけがきびの皮の中で何も知らず、眠っていた。

ぼくはその横にもぐりこんだ。きびの中で、いつもとちがう、いい匂いがした。ハナみーの体はあたたかくて、ぼくはすぐに眠ってしまった。

それから、一日ごとにガムをやりとりして、カミとぼくはかわりばんこにかんだ。朝もらったガムを一日かんで、砂糖小屋の柱にぺたりとはりつけておく。次の朝それをはがしてカミに渡す。

ガムの味はとっくになくなっていたけど、やわらかさはかわらなかった。いつまでもカミとかわりばんこでかめるよう、ぼくは大事に大事にかんだ。でも、牛に草をやっているときに、つい口から落としてしまった。あわてて拾おうとしたとき、山羊が草と一緒に食べてしまった。


砂糖小屋に移ってからは、シモヌヤー《下の家》の鶏に起こされることもなくなった。いつもより明るくなって目をさますと、それでもあま《おかあさん》は家族が一日に食べる分のウム《芋》を炊いていた。

「ひとつ食べていきなー」

あまはおかまから炊きたてのウムを手づかみで取って、ぼくに差しだした。ぼくは熱くて手で持てず、シャツの裾で受けとった。

「熱くないの」

ぼくはいつもあまに訊くことをまた訊いた。

「熱くないよ。あまだからねー」

あまの答えはいつも同じだった。あまの手は熱さを感じないのかと、あやや《姉さん》ユニみー《兄さん》もよく言っていた。わたしがいつかあまになっても、あまみたいなことはできないよと、あやは言っていた。

それから、あまはいつもぼくたちに、食べてー、食べてーと言った。なくてもあるよーと言うのもいつものことで、自分は食べないで、ぼくたちにばかり食べさせる。どれだけ残っているのかとナビ《鍋》を見たら、何もなかったりした。

「あまも食べてねー」

ぼくがあまに言うと、あまはそう言ってわらった。それもいつものことだった。

「食べてるよー。あんたは優しいねー」

ぼくは鎌を腰につけて外へ出た。まだ熱いウムをほーほー《ふーふー》してかじりかじり、浜へ向かった。

このごろは、沖縄の艦砲射撃の音がしなくなっていた。そのかわりに、特攻機らしい友軍機がよく飛んでくるようになった。たいてい、朝早くか夕方だった。

越山の兵隊さんたちは、あまたちがウムや野菜を供出しにいくたびに、前の日にアメリカの軍艦が何隻轟沈したかを教えてくれた。友軍機が沖縄でアメリカの足を止めているから、えらぶ《沖永良部島》には軍艦が来ないのだそうだ。

ラジオも新聞もないシマ《集落》では、学校があったときは学校の先生の教えてくれることだけを、今は兵隊さんが教えてくれることだけを頼りに暮らしていた。

アメリカ人は目が青いから夜は目が見えないと教えてくれたのも兵隊さんだった。たしかに、艦砲射撃は五時になるとぴたりととまるし、夜の空襲もない。

浜に降りて、波打ち際に向かって砂浜を歩いているとき、いつものように北のほうから、特攻機が飛んできた。一人乗りの戦闘機だ。

ぼくも、浜にいた人たちも、特攻機を見上げて、いつものようにばんざいばんざいと手を振った。

ところが、特攻機は急に機首を上げ、上昇した。

いつもなら南にまっすぐ行くのに、なぜだろうと見上げると、南の与論島《よろんじま》のほうからシコルスキー二機が飛んでくるのが見えた。

「敵機だ」

だれかが叫んで、浜にいた人たちは岩陰に走りだした。

二機のシコルスキーは左右に分かれ、島の上で特攻機を追う。特攻機は急上昇し、シコルスキーから逃れようとするが、爆弾を抱えているからか速度が遅い。シコルスキーに距離をつめられる。

特攻機は旋回して海へ向かった。急降下と急上昇をくりかえして輪を描きながら、沖へ沖へと飛んでいく。シコルスキーがあとを追う。間もなく、海上で、見たこともないほど大きな水ばしらが上がった。

撃墜されたのだ。そう思う間もなく、もう一機、特攻機が飛んできた。シコルスキーがそのあとをぴったりつける。またしても特攻機は宙返りしながら沖へ逃れ、間もなく撃墜された。

そして、もう一機。

結局、三機とも、沖へ逃れて撃墜された。まるでシコルスキーを一身にひきつけて、この島を守るように。

岩陰から出てきたアガリヌヤー《東の家》のおじいさんが言った。

「わしらがいたから、海へ行ったんだねー」

メーヌ《前の》浜のおじいさんも頷いた。

「この島を守ってくれたんだねー」

ひとりのおばあさんが、海に向かって手を合わせ、とーとぅ、とーとぅと拝んでいた。

水ばしらが消えてしまうと、水平線は平らになり、海は何事もなかったかのように元の姿に戻った。

海の非情さは知っていたはずだった。でも、今朝の海の非情さは許せなかった。

特攻機が落ちても、兵隊さんの死体が打ちあげられても、何も知らない顔をして、いつも通りに果てしなく波を寄せつづける。

あやも《姉さん》ユニみー《兄さん》も、毎日のように、越山へ防空壕を掘りにいくようになった。ブラー《ほら貝》が三回鳴ると、砂糖小屋を出ていく。最初は昼間だったが、行き帰りに空襲を受けるようになると、夜に掘りにいって、夜明け前に帰ってくる日が多くなった。

「第三避難壕っていってね、敵が上陸したら、みんなそこに逃げるんだよ。守備隊がいるからね、越山の兵隊さんに守ってもらうようにね」

どの家も庭や家のまわりに防空壕を掘っていた。それから、シマ《集落》ごとに集まる、大きな防空壕やイョー《洞窟》がどのシマにもあった。でも、敵が上陸したら、第三避難壕という防空壕まで逃げるのだという。

大人の足でも一時間はかかる道のりだ。ハナみーをどうやって連れていくかが問題だった。

「あちゃ《おとうさん》が帰ってきてくれて、本当によかったねー」

あま《おかあさん》が言った。

「みんなで雨戸にのせて担げば大丈夫だよ」

ユニみーが手拭いで顔を拭いながら言った。ハナみーは何も知らず、砂糖小屋の隅で動かない。

雨戸にのせられて、ハナみーがヤマトゥ《本土》から戻ってきたときのことを思いだす。

島には働き口がなく、小学校の高等科を出ると、みんな神戸へ出稼ぎにいく。どの家も貧しくて、こどもは大事な稼ぎ手だったから、大島《奄美大島》や鹿児島の中学校へ上がる人は殆どいない。予科練にいったイチみーはそれでも特別だった。

ハナみーも神戸の製鉄所に出稼ぎにいった。製鉄所の仕事は厳しすぎて、みんなすぐに逃げだすから、いつも人手不足なのだそうだ。それなのに、えらぶ《沖永良部島》の人間はやめない。やっぱり南島の人間は熱さに強いんだなと喜ばれるが、ちがう。熱さに強いわけではなくて、本当は熱いのに、戻ることができないからがまんをしていただけだった。火ぶくれで顔の皮がむけるほど熱い。でも島には戻れないし、ヤマトゥの言葉ができないから、ほかで働くこともできない。がまんするしかなかった。

仕事の終わりに酒を飲むのだけが楽しみだったという。給金の殆どはうちに仕送りしてくれているから、その酒もろくなところでは飲めない。ろくでもないところで飲んだ酒が悪い酒だった。一緒に飲んだ人はなんともなくて、その後徴兵検査を受けて出征していったけど、ハナみーは目が見えなくなった。それからだんだんと足腰も立たなくなった。

船賃が高くてだれもヤマトゥまで迎えにいけない。徴兵検査を受けるために戻ってくる、同じ工場に出稼ぎにいっていた人に連れて帰ってきてもらった。あちゃたちは雨戸を持って港まで迎えにいき、ハナみーを雨戸にのせて帰ってきた。

「ほーほー《ふーふー》して、飲みなさいねー」

あまがあやとユニみーに湯呑を渡して言った。

砂糖小屋はホー《水汲み場》から遠い上に、あやが防空壕を掘りにいくようになって、水は以前よりもっと貴重になっていた。湯呑に汲んだのは、畑のホーの水だった。湧き水ではなくて、畑の真ん中に掘って石を積んだ穴で、雨がたまるようにしてある。料理や洗いものに使うのだが、吹いて飲めば大丈夫とあまは言い、みんな従っていた。でも、あちゃだけはホーの水でなければ飲まなかった。

「きちんと木の枠をはめてね、シマごとに大きいのを掘ってるよ。だから安心だよ。クラゴー《湧水のある洞窟》のまわりにね。だから水汲みも行かなくて大丈夫なんだよ」

あやは言った。

「兵隊さんのおかげだねー」

あまが頷いた。

ぼくは、敵機にみつかって、島の上を離れ、海へ飛んでいって撃墜された特攻機を思いだしていた。波に揺られていた兵隊さんも、きっと同じ道を辿った人なのだろう。

それから何日もたたないうちに、ユニみーに防衛隊員として、越山の守備隊に加わるよう、現地召集が来た。

あちゃは、ハナみーの二の舞を怖れて、次男のユニみーを出稼ぎに出さず、島に残していたのに、結局、ユニみーも家を出ることになってしまったのだ。

あやは朝早く起きてホーでショージ《祈禱》をして戻ってきた。

「をぅない《姉妹》神がついているからねー」

あやが言った。

「あやー、マチジョー、みんなを頼むねー」

ユニみーがぼくの名前も呼んでくれたことが、無性に嬉しかった。

ユニみーは着たきりの国民服のまま、いつもの通りのはだしで越山へ向かって歩いていった。

ユニみーの後ろ姿が見えなくなるころ、北から友軍機が一機飛んできた。

「また特攻機かねー」

あやが見上げた。

沖縄へ向かうのだろう。島のへりに沿って、海の上を、南を目指し飛んでいく。

どの特攻機も同じだった。何度も聞いたむんがたい《昔話》のように。乗っているのはちがう人のはずなのに、みんなおんなじことをくりかえす。

たまには、自分が先に天の綱にのぼって、うとぅー《弟》の片足を鬼に食わせるあやがいたっていいのに、むんがたいのあやはいつも、自分が犠牲になって片足をなくす。

同じ航路を辿って飛んでいく特攻機。敵機にみつかったらまた島から離れて、島のぼくたちを守るために、迷わず自分が犠牲になるのだろう。

片道しか飛ぶことを許されていない特攻機の搭乗員は、前任者から学ぶこともできない。それでも、おんなじことをくりかえさないですむ方法はないんだろうか。

「かわいそうにねー」

あやが手を合わせて拝んでいた。

ぼくはくやしくて、飛行機が見えなくなるまでにらみつけていた。


その日は朝からひっきりなしに空襲が続いた。

あんまり続くので、みんなでシマ《集落》で避難するイョー《洞窟》に行った。あちゃ《おとうさん》がハナみー《兄さん》を背負って運んだ。ハナみーの長い足を地面にひきずりながら進む。

イョーの奥には、学校の先生がいた。よりによって、一番厳しい教練の盛《もり》先生だ。安全だからと学校から天皇陛下の御真影が運びこまれ、出征しなかった先生たちが交代で、真っ白い布に包まれた御真影を守っていた。

イョーには、もうずっと入りっぱなしの人たちもいた。空襲がこわくて、イョーから一歩も出られないのだ。そういう人たちは青い顔をしていた。トゥール《風葬》墓に籠っていた青い顔のおばさんたちを思いだす。

ぼくは息苦しくなって、外へ出た。ガジュマルにのぼって、空襲をながめた。まさに空襲日和の青空を、グラマンがわがもの顔で飛んでいる。

気をつけないといけないのはグラマンと、翼の曲がったシコルスキーだ。一人乗りの戦闘機は低空で来て、人をひとり見ても機銃掃射する。

双発機は機銃掃射しないで、爆弾を落とす。撃ってこないのを知っているから、あわてて隠れることはない。

一時間くらいして二回目に来る飛行機は、どれくらい燃えたか写真を撮りにくる飛行機だから撃たない。それから、夜はアメリカ人は目が見えないから、空襲はない。

飛行機とアメリカ人の性質がわかっていれば、それほどこわいこともない。ぼくには、おばさんたちが空襲をなんでそんなにこわがるのかわからなかった。

ぼくは横枝に立って、ガジュマルの葉の間から、空を見上げていた。

戦闘機が機銃掃射をするときは、真っ昼間でも、機銃からいくつもの赤い火が吹きだす。夜に見たらきれいだろうなと思う。

「あれー、ヒーヌムン《木の精》かと思ったら、マチジョーかねー」

カミのじゃーじゃ《おじいさん》が下から見上げていた。カミはナークを背負っていた。

「あぶないから早くおりなさい」

カミのあまが《おかあさん》、じゃーじゃのうしろを小走りに通り過ぎながら言った。カミの家もイョーに行くらしい。

ぼくは飛びおりて、じゃーじゃのあとをついていった。イョーの中は人でいっぱいになっていた。

お昼過ぎになると、空襲がぴたりとやんだ。

「どうしたのかねー、もう終わりかねー」

大人たちが言いあったが、だれにもわからない。

空襲も、最初のうちは、大山の海軍の見張り所から役場が受けた連絡を、人力でシマからシマへ走って、空襲警報発令、空襲警報発令と伝えたものだった。トラグヮーやヤンバルたちと、シマからシマへ叫びながら走るおじさんについて走り、くうしゅうけいほうはつれーい、くうしゅうけいほうはつれーいと怒鳴って大喜びしていたのはもうずいぶん前のことのように思う。いくら大声で叫んでもわめいても叱られないのが嬉しかった。今になってみると、よくそんな悠長なことをしていたものだと思う。

空襲が始まるのはいつもいきなりで、空襲が終わるのも突然だった。それぞれの判断でやっていくしかないから、もう終わったと、防空壕から出たところを直撃されて、片手をなくした人もいるという。

「見てくるよ」

ぼくが出ていくと、空には一機の飛行機も見当たらなかった。あとからカミのじゃーじゃがついて出てきた。

「浜へ行ってみるか」

じゃーじゃが、ぼくに戻れと言わず、そう言ってくれたのが嬉しかった。ぼくたちは、それでも用心して墓道を通って浜へ向かった。

隣りのメー《前》ヌ《の》浜のシマではあちこちから白い煙がのぼっていた。屋根の茅を抜いていたおかげか、それでも火の手は上がっていない。海はいつもとかわらないように見えた。

でも、よく見ると、水平線近くに、黒い影がある。

「マチジョー、戻るぞ」

それが何かたしかめる間もなく、じゃーじゃがぼくの腕をつかんでひっぱった。

「急げ」

じゃーじゃが蘇鉄の下の道を走りだす。ぼくもあわててあとを追った。トゥール墓のあたりまで戻ってきたところで、うしろから地響きがした。

艦砲射撃が始まったのだ。

艦砲射撃の弾は、グラマンの機銃掃射とちがって、見境なく飛んでくる。波が高いときは大山まで飛んで、波の低いときはふもとのシマに飛んでくるというが、さすがにふりむくこともせず、ぼくは走った。

小米《こごめ》の町が艦砲射撃を受けて燃えたことがあった。救援に行ったユニみーが帰ってきてから、人の手足や内臓が木にぶら下がっていたと話していたのを思いだす。何日かしてトラグヮーと見にいったら、農業会の倉庫が穴だらけになっていた。

イヨーに引きかえして飛びこむと、みんなが口々に言うねぎらいの言葉をさえぎって、じゃーじゃが言った。

「これはもう敵が上陸するにまちがいない。越山の守備隊長が言っていた。艦砲射撃のあとは敵前上陸だ。みんな決して外へ出るなよ」

イヨーの中は静まりかえった。ナークがすやすや眠っていたのは幸いだった。


艦砲射撃はどおんどおんと続いた。

「小さな島だから、まわりをぐるっと回って艦砲射撃しているんだろう」

じゃーじゃが言《おじいさん》った。

艦砲射撃が始まる前は、えらぶ《沖永良部島》は小さいから、太平洋から艦砲射撃しても、弾はみんな島の上を通りこして、東シナ海に落ちるねーと、大人たちはわらいあっていたものだった。

さすがに今はふざけるものもなく、シマ《集落》の防衛訓練のときのように、警防団長のじゃーじゃの言うことを、みんな黙って聞いていた。

じゃーじゃは、イョー《洞窟》の奥から竹槍を持ちだしてきて、イョーの入り口に向かって構えた。

やがて、艦砲射撃がやんだ。

「敵前上陸だ。行くぞ」

じゃーじゃとあちゃ《おとうさん》、ほかに盛先生や数人のおじさんたちと一緒に、ぼくも竹槍を持って出た。若い男の人はみんな出征して、年配の人しかいなかった。ぼくは一番あとからついて出た。止められると思い、カミやあま《おかあさん》の顔は見ないようにした。

「おまえも来るか」

じゃーじゃがふりかえって、ぼくを見た。

「相手は鉄砲を持ってるから、正面から行くと弾でやられる。木の陰とか、石垣に隠れていて、すぐ手前に来たときに突くんだぞ」

ぼくはこくこくと頷いた。

メーヌ《前の》浜近くまで来ると、ぼくたちは道の両脇に分かれ、ガジュマルやアコウの木や石垣のうしろに隠れた。

ぼくはあちゃと一緒に、一番手前の石垣の下にしゃがみこんだ。

「今日の一機　明日の轟沈」という標語が書かれた紙が貼ってある。むかいの石垣には、「聖戦第四年、一億の体当りで突進しよう」という貼り紙。ぼくはその貼り紙に頷いた。

竹槍の先を道のほうへ向けて、今来るか今来るかと思って待っていた。

胸がどきどきして、喉が渇く。あたりはしんとして、鳥の鳴き声ばかりがやけに響く。唾を飲みこむ音まで響きわたって、アメリカ軍に聞こえてしまいそうだ。

ところが、いつまで待ってもアメリカ軍がやってくる気配がない。あちらこちらの木で、鳥ばかりがのんきに鳴いている。

ぼくはしびれを切らし、あちゃが出るなと叫ぶのも構わず、石垣にのぼって、海を見てみた。

黒い影はどこにもなかった。

「もう軍艦はいないよー」

ぼくの声に、おじさんたちがみんな、潜んでいた場所からばらばらと出てきた。

「上陸じゃなかったんだねー」

ぼくがほっとして言うと、盛先生が言った。

「ああ、おまえが竹槍を持って出たから、それでアメリカ軍はこわがって上陸しなかったんだろう」

盛《もり》先生はぼくの頭をくしゃくしゃとなでた。

「よくやったな」

盛先生には、頭を叩かれたことは何度もあったが、なでられたのは初めてだった。

じゃーじゃは竹槍を振りあげて叫んだ。

「でかちゃん《やったあ》、でかちゃん《やったあ》」

ぼくも竹槍を振りあげた。あちゃもおじさんたちも声をそろえて叫んだ。

「でかちゃん、でかちゃん」

よその島から赴任してきていた盛先生が、その声を遮るように太い声で叫んだ。

「ばんざーい、ばんざーい」

みんなあわてて、その声に合わせた。

「ばんざーい、ばんざーい」

海は、沈む夕日を浴び、桃色に染まっていた。


アメリカ軍の上陸がいよいよだということで、越山の第三避難壕まで集落《シマ》で避難訓練をすることになった。

あや姉《ねえ》さんたちが掘っている第三避難壕はまだ掘りかけだというが、いざというときに、女こどもだけでも逃げられるようにしておかないといけないという。

ハナみー兄《にい》さんを背負ってはさすがに無理なので、雨戸にのせて、あちゃとお父《とう》さんとおじさんたちで運んでいくことになった。

ハナみーは背が高くて、足が速かった。運動会ではいつも一番で、帳面や鉛筆をもらってきてくれたとあやは言うが、残念ながら、ぼくはハナみーのそんな姿は見たことがない。ただ、学校に上がると、先生たちから、良治《りょうじ》の弟なら足が速いだろうと何度も言われ、ハナみーはよほどに足が速かったんだろうと思った。ぼくはあちゃゆずりか、背も高いほうではなかったから、先生たちの期待にはこたえられず、良治の弟なのに、とがっかりされてばかりだった。
カミはナークを背負って、ぼくたちのうしろを歩いていた。学校へも、ナークを背負ったまま来たことがあった。休み時間にみんながドッヂボールをしていても、ナークを背負っているカミはまじれず、校庭の隅でみんなを見ていた。

いーしぬういに《石の上に》　みちゃういてぃ《土置いて》
みーちゃぬういに《土の上に》　はなういてぃ《花植えて》

カミはささやくような声で子守唄を唄っていた。

うーぬはなーぬ《その花が》　さーかーばー《咲いたら》
わーくゎーに《わたしの子に》　くーりーらー《あげるよ》

あのときより、ナークは一回り大きくなった。カミのやせっぽっちの体にはいかにも重たそうだった。これで山が登れるのかと思っていたら、案の定、越山を登りはじめてすぐ、ナークを背負ったカミも、ハナみーを運ぶぼくたちも、みんなについていけなくなった。
先へ行ったカミのじゃーじゃ《おじいさん》が戻ってきて、今日はここまででよい、引き返せと言った。

「道はここから一本道だ。いざとなったら火事場の馬鹿力で行けるだろう」

ぼくはあやが自慢する第三避難壕を見てみたかったし、防衛隊に行ったきりのユニみーにも会いたかったけれど、しかたがなかった。とぼとぼと引き返していると、うしろからトラグヮーとヤンバルが追いついてきた。

「立派な壕だったぞ。天井も高くて、イョー《洞窟》みたいなんだ。それが、谷のあっちにもこっちにも、えらぶ《沖永良部島》中のシマの避難壕が掘られてるんだよ」

トラグヮーは誇らしげに言った。

「守備隊はいた？」

ぼくが訊くと、トラグヮーは首を振った。

「いなかった。守備隊は戦車壕も掘ってるんだって。アメリカの戦車が来ても落っこちるように」

そしてまた第三避難壕の話を続けた。

「中が広くて、水もいくらでもあるし、あれなら、何日でも、何ヵ月でも籠城できるよ、きっと」

「でも、行かなくてすむといいね」

カミがそっと言った。

「そりゃそうだな」

トラグヮーとヤンバルはわらった。

空襲の合間をぬって、トラグヮーとヤンバルと一緒に、ため池まで牛を水浴びに連れていった。

「あんたたちえらいねー」

牛を洗っていると、アガリヌヤー《東の家》のおばあさんが通りかかって言った。

「空襲はこわくないのー」

「こわくないよ。もう慣れた」

トラグヮーがこたえた。

たしかに、ぼくたちはすっかり空襲のある毎日に慣れていた。

空襲がなかったころは、みんなで学校に通っていた。ぼくはそのころを思いだそうとしたけど、まるで夢のようで、カミがナークを背負って校庭にいたこととか、教育勅語奉読のときに鼻をすすりあげて盛先生にげんこつで叩かれたこととか、ほんの少しの場面しか思いだせなかった。ぼくたちはすっかり、思いだそうとしなければ思いだせないほどに、そんな日々から遠ざかっていた。

おばあさんがいなくなると、ヤンバルがガーク《蛙》釣りを始めた。

ヤンバルが草むらから飛びだしたガークをつかまえ、片足をひきちぎった。ガークは共食いするから、その足をえさにして釣るのだ。

ぼくは思わず目をそらした。

これまで自分も散々やってきたことだったが、片足をちぎられ、それでも草の間を這いだしたガークに、亀岩に浮かんでいた兵隊さんを思いだしたのだ。

がくがく　があがあ
よせがく　があがあ

ガーク釣りの唄を口ずさみながら、ちぎった片足を草のつるでくくりつけたヤンバルは、ぼくたちをふりかえった。

「ほら、やろうぜ」

トラグヮーとぼくは目を見合わせた。同じことを考えていることはすぐにわかった。

「いいや」

「早く帰らないと、また空襲が始まるぞ」

トラグヮーとぼくが言うと、ヤンバルはつまらなそうに舌打ちして、ガークの足をため池に投げこんだ。

その足の主はどこへ這っていったのか、いつの間にか、いなくなっていた。

第二部

梅雨に入ると、沖縄へ向かう日本の特攻機はめっきり減った。

アメリカの軍艦の轟沈もなくなり、浜に浮遊物が流れつくことも、めったになくなった。それでもぼくはあきらめきれず、毎朝のように浜へ通った。

その朝も浜に向かっていると、うしろから飛行機の音がした。ふりかえると三機ほどの飛行機が見えた。とたんにばりばりと機関銃の音がして、そのうちの一機が燃えながら、どんどん高度を下げていった。

シマ《集落》のウム《芋》畑の方向だった。

ぼくは駆けもどった。

落ちたのは敵機か友軍機かわからなかったけど、きっとまた特攻機だろう。

島に落ちてくれれば助けられるのに。

浜辺で見た空中戦からずっと思っていたことが現実になった。搭乗員が死んでいないことを祈りつつ、ぼくは走った。

左の翼とプロペラを地面につっこんで、戦闘機がウム畑《芋》に落ちていた。あたりは空襲のあとのような焦げくさい匂いで満ちていた。

乗っていた兵隊さんを、あちゃ《おとうさん》たちが助けだし、雨戸にのせていた。

「すみません」

うめくような声が聞こえた。

「すみません」

ぼくはあちゃの背中越しに兵隊さんを見た。兵隊さんは何度か同じ言葉をくりかえした後、目を閉じて、動かなくなった。

あちゃやシマ《集落》のおじさんたちが四人がかりで雨戸を持ちあげ、シマへ運びはじめた。ぼくもついていった。

腕に日の丸がある飛行服を着て、長靴を履いた兵隊さんは、とても若くて、意外にも小柄だった。頭から血を流していた。片足が雨戸からだらりと落ち、その長靴は、海で浮かんでいた兵隊さんの履いていたものと同じだった。

「兵隊さん、死んじゃったのー」

ぼくはおじさんのひとりにおそるおそる聞いた。

「生きてるよー。気を失っただけだよー」

ぼくはほっとして、おじさんたちの間から兵隊さんをのぞき見た。胸に小さな女の子の人形がいくつもぶら下がっていて、おじさんたちが一歩すすむごとにゆらゆら揺れた。

兵隊さんは、シマで一番大きいカミの家に運ばれた。屋根の茅は抜かれていたが、幸い雨は降りそうにもなかった。座敷に畳が敷かれ、兵隊さんは布団の上に寝かせられた。ぼくのうちには布団はない。どの家にも布団があるわけではなかった。カミの家は特別だった。

ぼくも座敷に上がりたかったが、家の中は人でいっぱいで入れなかった。ぼくは庭にすわって、兵隊さんが目をさますのを待った。

おじさんたちは、手に手に竹槍や鎌を持っていた。

「日の丸がついてるからって、本当の日本兵かどうかはわからないよー。敵のスパイが日本兵のふりをして来たのかもしれないよー」

カミヌヤー《上の家》のおじさんがこわい顔をして鎌を振りあげた。まわりのおじさんたちも頷く。

「でも、助けたとき、すみませんって、ヤマトゥ《本土》言葉を話していたよー」

あちゃが言ったが、カミヌヤーのおじさんはひかない。

「すみませんだけじゃわからないよー。その言葉だけおぼえてきたのかもしれないよー」

「じゃあ、目をさましたら、わしが聞くよー」

警防団長のカミのじゃーじゃ《おじいさん》が言うと、やっとおじさんは鎌を下ろした。

そのうち家の中が騒がしくなった。ようやく兵隊さんが目をさましたらしい。竹槍や鎌を手にしたおじさんたちが、色めきたって立ちあがる。

ぼくは縁に近づいて、おじさんたちの間からのぞいた。

「日本の兵隊でまちがいないですねー」

じゃーじゃの低い声が最初に聞こえた。

「はい。まちがいありません」

うつむく兵隊さんの声は、細く、かすれていた。

「陸軍伍長の西島幸彦《にしじまゆきひこ》です」

ヤマトゥ言葉がわからないおじさんたちは、じゃーじゃの顔をみつめている。じゃーじゃは西島伍長から目を離さず、ヤマトゥ言葉でまたたずねた。

「何があったんですか」

「沖縄へ向かう途中、エンジンに不具合が、起きました」

一語一語、区切るように話す。

「飛行機が故障したんですか」

「はい。そこを、敵機に襲われました」

「わたしはこのシマの警防団長です。知らせましたので、もうすぐ守備隊から軍医も来るでしょう。所属をおっしゃってください」

西島伍長の声は低く、聞きとれなかったが、じゃーじゃは領いてから、みんなに言った。

「特攻隊員の方だよー」

そのとたん、じゃーじゃのまわりに立っていたおじさんたちは、一斉にほーとためいきをつき、手にしていた竹槍や鎌を下ろした。

西島伍長はずっとうつむいていた。自分からは何もしゃべらず、まわりを見ることさえなかった。

越山の守備隊にも伝えられ、軍医も来て手当をしたが、守備隊では部隊長が不在とかで、そのまま伍長はカミの家に泊まることになった。幸いにも、伍長は打ちつけた頭から出血しただけだった。

日が暮れると、まわりのシマのおばさんたちが、松の根の松明《たいまつ》を明かしてやってきた。わざわざ遠い道を歩いてきたのだ。中には、何時間もかけてきた人もいた。

「日本の国を守る神さまはどんな人かねー」

貴重な卵を藁に包んで持ってきたおばさんが言った。

神さま。

藁苞《わらづと》の卵やサタ《黒砂糖》のかたまりが、お供えもののように伍長の枕元に並べられ、山となった。

日本の国を守る神さま。

ぼくは、海に浮かんでいた兵隊さんや、島をそれて海へ飛んでいった特攻機のことを思いだした。

この神さまたちに、ぼくたちの島は守られている。

「あべー《あれー》、若いねー」

おばさんたちは伍長を見るなり言った。

「まだわらび《こども》みたいじゃないのー」

そう言って涙ぐむ人もいた。

「とーとぅ、とーとぅ」

おばさんたちは庭から手を合わせて、伍長を拝んだ。

神さまが空から降りてきた。

島に降りてきた神さまを拝みに、夜道を何時間もかけて歩いてきた人たち。

「とーとぅ、とーとぅ」

西島伍長は起きあがると、畳の上に正座して、おばさんたちに深々と頭を下げた。その頭には真っ白な包帯が巻かれていた。

手の甲にハンヅキ《入れ墨》をしている、腰の曲がったおばあさんまで来ていた。伍長を拝む手首には、星のような形のアマム《やどかり》の模様が浮かぶ。えらぶの人はアマムから生まれたといわれていた。

夜遅くまで、おばさんたちがやってきては拝むたびに、伍長は起きあがり、何も言わずに頭を下げていた。


月の明るい夜だった。

言葉少ない西島伍長を囲んで、三味線と唄が始まった。

伍長は起きあがって正座して、ただ、手を叩いていた。豚の味噌漬けや蘇鉄焼酎がふるまわれたが、殆ど口にしなかった。

「兵隊さんは全然食べないねー」

「えらぶ《沖永良部島》のものは口に合わないのかねー」

弾き手も唄い手も、伍長の様子を気にして身が入らない。

見かねたカミのあま《おかあさん》が、サタ《黒砂糖》を割って、伍長にすすめた。

「サタなみりば《砂糖をなめれば》、元気なやぶんどやー《元気になりますよー》」

伍長は、あまの言葉がわからなかったらしく、戸惑いながらも、あまの手からサタを受けとって口に運んだ。

唄い手は唄うのをやめ、三味線もとまった。みんな伍長をじっとみつめる。

「これは砂糖ですね。おいしいですね」

伍長はつぶやくように言うと、あまにわらいかけた。

「あいやー、わらったよー」

わあっと歓声が上がった。ぼくたちは伍長がわらったのを初めて見た。

「えらぶの名物です。えらぶの食べものはなんでもおいしいですよー」

カミのじゃーじ《おじいさん》が言う。あまは箸を伍長に渡した。

「さあさあ、食べてー、食べてー」

「はなしゃどぅ旨さよー」

カミのあじ《おばあさん》も豚の肝の味噌漬けをすすめながら言う。じゃーじゃがあじの言ったことをヤマトゥ《本土》言葉でくりかえす。

「仲のよいもの同士で集まって食べれば、なんでもおいしいですからねー」

途切れていた三味線と唄が始まった。軽やかなサイサイ節だ。

さい《酒》さい《酒》さい《酒》
さい《酒》むちくー《持ってこぃ》
ぬでぃ《飲んで》あしばー《遊ぼう》

みんなが声をそろえて囃《はや》す。最初に唄うのはだれだろうと、みんなが見回したとたん、三味線を弾くあちゃ《おとうさん》の隣りで、あや《姉さん》がすっと立ちあがり、唄いだした。

きゆぬ《今日の》　ふくらしゃや《よろこびは》　スリー
むるに《ものに》　たてぃららむ《たとえようがない》

あやの声は低いがよく通る。伍長は顔を上げて、あやを見た。

いちむ《いつも》　きゆぬぐとぅし《今日のように》　スリー
あらちたぼり《あらせてください》

あやはとっておきのちゅらちばら《晴れ着》を着ていた。
みんなが声をそろえて囃す。気圧されたように、だれも続きを唄うものはなく、あやは立ったまま、唄いつづけた。

奄美えらぶ島《奄美の沖永良部島は》　スリー
島　いくさあてぃむ《小さい島ではあるけれど》

もんぺ姿でないあやを見るのはいつ以来だろう。縞模様が月の光に照らされて浮かびあがる。

島　いくさあてぃむ　スリー
くがに島でぃむぬ《黄金島だそうな》

わあっとまた歓声があがり、みんなが声をそろえる。

さいさいさい
さいむちくー

ぬでぃあしばー

あやがあちゃのうしろに下がり、次の唄い手にかわった。盛りあがりはそのままに、シュンサミ節にうつり、みんな唄いながら、踊りだした。

やがて、踊りの輪から、あやが飛びだしてきた。わらいながら手をのばし、伍長を踊りに誘う。

伍長は驚いて首を振ったが、あやに手をひっぱられて、腰を上げた。あやにわらいかけられて拒める人なんて、この世にいるとは思えない。

「立てぃば踊い」

あやがすかさず言う。

「立つだけでも踊りになると、えらぶでは言うんですよー」

じゃーじゃが説明する。

「でも、無理はしないでくださいねー」

じゃーじゃは取りなすが、おばさんたちは期待して伍長をみつめている。三味線も、つま弾きで伍長を待つ。

伍長はその様子に観念したのか、庭に降りた。わらうあやに手取り足取り教えられながら、踊りだす。伍長を真ん中に踊りの輪ができた。

「あいやー、なかなか上手だよー」

おばさんたちのほめ言葉とは裏腹に、伍長の足取りはおぼつかず、顔は真っ赤だった。

めずらしく、カミも伍長のそばで踊っていた。

カミはわらっていた。

ぼくは座敷からずっとカミを見ていたけれど、カミはずっと、伍長を見上げては、わらっていた。

伍長がぎくしゃくとひと踊りする間、とうとう、カミはぼくを見なかった。


月が傾くと、伍長を休ませようと、シマ《集落》の人たちも、まわりのシマのおばさんたちも帰っていった。

あちゃ《おとうさん》もあやも《姉さん》先に帰った。カミの家には家族しかいなくなった。枕元にじゃーじゃ《おじいさん》。足許にナークを寝かせるカミ。トーグラ《台所》にカミのあじ《おばあさん》とあま《おかあさん》。

でも、ぼくは帰りたくなかった。聞きたいことがあったのだ。雨垂れ石で足をこすって、砂を払い落としてから、カミの家に上がる。でも、言いだしかねて、カミのうしろでもじもじしていると、あじが気づいて言った。

「マチジョー、あんたはまだいたのー」

「近所の子です。孫の同級生で、これも孫みたいなもので。よく助けてくれるんです」

じゃーじゃがぼくを紹介してくれたので、伍長がぼくを見た。

神さまがぼくを見た。

じゃーじゃは伍長に切りだした。

「西島伍長、あなたにひとつだけ、教えてほしいことがあるんです」

じゃーじゃの言葉の重々しさに、伍長はまた起きあがって、畳の上にすわった。

「あなたは特別攻撃隊員だとおっしゃいましたが、志願されたんですか」

西島伍長は戸惑いの色を見せたが、ややあって頷いた。

「はい」

「やはり、特攻隊員というのは、志願されるんですか」

「そうですね」

西島伍長は言葉を濁した。じゃーじゃは訥々と話しはじめた。

「わたしの長男は四十歳を前にして、召集を受け、ブーゲンビル島で戦死しました。四度目の出征でした。それでも幸いにも、なんとか三人の子に恵まれ、一番上の孫は、わたしが言うのもなんですが、よくできた孫で、海軍に入り、フィリピンの特別攻撃隊に志願して、見事敵艦を撃沈したそうです。残りの孫は見ての通り、まだ幼く、一番下の孫は父親の顔も知りません」

ぼくはカミのあちゃを思いだした。カミやイチみーのあちゃとは思えないほど寡黙な人で、いつもむっつりとして近寄りがたかった。でも、元はそうではなく、三度目の出征から戻ってきて人がかわってしまったとカミのあまは話していた。イチみーを父がわりに育ったカミもなかなかなつけず、やっと慣れてきたころにまた、四度目の出征でいなくなってしまった。

「ただ、わたしには納得できないんですよ。神鷲《かみわし》とたたえられた名誉の戦死でありながら、こんなことを申すのは、非国民と言われてもしかたがないこととはわかっています。でも、同じ特攻隊員のあなたならわかってくれるのではないかと思い、お尋ねしたのです。どうか許してくださいね」

じゃーじゃは頭を下げた。伍長は祖父ともいうべき歳のじゃーじゃに頭を下げられ、戸惑っていた。手をのばし、じゃーじゃの頭を上げさせようとした。

じゃーじゃはそれには構わず、深く頭を下げたまま、しぼりだすように言った。

「家族思いのあの孫が、一家の大黒柱を失ったわたしたちを顧《かえり》みることなく、特攻に志願したとは、どうしても思われないのです……」

じゃーじゃは思いきったように顔を上げた。

「本当に志願だったのでしょうか。あの子は本当に志願したのでしょうか。わたしは本当のことを知りたいんですよ」

じゃーじゃは、怯《ひる》む伍長をまっすぐに見た。

「あなたはどうやって志願したのですか。言えないことはわかっています。それでもどうしてもお聞きしたいのです。決してだれにも言いません。どうか教えてください。冥土《めいど》の土産に教えてください」

伍長とじゃーじゃはみつめあった。ぼくは唾を飲んだ。トーグラから、カミのあじもあまも顔を出して、ふたりを見ていた。

イチみーが死んだときには、軍神として、町を挙げた葬式が行われた。先生に引率されて、学校から生徒みんなで参列した。イチみー兄《にい》さんに憧れない男子はいなかった。

カミのあまは手の甲で涙を拭った。イチみーの葬式のときは、参列者からしきりに「特攻戦死おめでとうございます」と声をかけられながらも、涙の一粒もこぼしていなかったのに。

「申し訳ありませんが、フィリピンの、特攻が、どのように編成されたかは、知りません」

伍長はつっかえつっかえ、ぼそぼそと言うと、頭を下げた。

「ただ、自分のときのことは、お話しします。指名に先立っては、意思の確認をされました。白い紙と封筒を渡されたのです。志望する場合は、志望と書き、志望しない場合は、白紙で提出せよ、と言われました」

じゃーじゃは頷いた。

「それでは、あなたは、その紙に志望と書かれたのですね」

伍長は首を振った。

「わたしは、ちょうど父を亡くし、戸主になったばかりでした。郷里には、病気の母と、幼い弟妹を残しています」

「では、白紙で出したのですか」

伍長はまた首を振った。

「なぜですか」

じゃーじゃは目を見張った。

「意思の確認といいながら、白紙で出せば、卑怯者の誹《そし》りは、免れません。国賊扱いされ、郷里の家族にも迷惑が、かかります。ただ、わたしの家庭の事情は、上官も知ってくれていました。そこでわたしは、上官が察してくれることに望みを託し、『命令のまま』と書いて、出しました」

「でも、あなたはここにいる。上官は事情を察してくれなかったのですか」

伍長は頷いた。

「やはり、同じような事情があって、同じことを書いた人間が、何人かいました。また、白紙で出した人間も、いたのです。彼の家は両親を亡くしていて、お姉さんひとりが、家を支えていました。自分が進学できたのは姉のおかげだと、つねづね言っていた彼は、早く自分が家を支えられるようになって、お姉さんに、幸せな結婚をしてもらうことを望んでいました」

をぅない《姉妹》神はたかさ《尊い》。ヤマトゥ《本土》でも同じなんだなとぼくは思った。

「それなのに、翌朝、部隊長は言ったのです。白紙は、一枚もなかった、と」

伍長はじゃーじゃをじっと見た。

「すべて、熱望する、と、書いてあったと」

まるで、じゃーじゃに救いを求めているようだった。

「それは、嘘ですねー」

伍長は小さく頷いた。

「何日かして発表された攻撃隊員名簿には、わたしの名前も、白紙で出した彼の名前も、入っていました。名簿を見て、すぐにわかりました。成績順だと」

伍長はかえって淡々と話しつづけた。

「わたしたちは飛行経験の少ない空中勤務者ですから、操縦技量の成績のよくないものは、そもそも、沖縄まで辿りつくことができない。意思の確認は、建前でした。白紙で出した彼は、成績がよかった。最初に指名を受けて出撃していって、帰ってきませんでした」

じゃーじゃの膝に置かれたこぶしが、ぶるぶると震えていた。

「ありがとうございます。よくわかりました」

じゃーじゃは深く頭を下げた。それを見た西島伍長も、同じくらい深く、じゃーじゃに頭を下げた。

「申し訳ありません」

西島伍長はそう詫びてから、顔を上げた。

「本当は、志願しました、勇んでいきました、と言うべきだと思ったのです。わたしも、そう書き遺して出撃しました。そうとしか書けないということもありますが、そうでなければ、残されたものはどんなに悲しいかと思ったのです。本当のことを申し上げて、申し訳ありません」

もう一度、西島伍長は深く頭を下げた。

「頭をお上げください」

恐縮するじゃーじゃに、西島伍長は頭を下げたまま、続けた。

「母は、わたしが特攻隊員となったことを知りません。いつも優しかった母は、弾代わりの特攻で死なせるために、わたしを生み、ここまで育ててくれたわけではないはずです。そして、わたしは、母になんの親孝行もできませんでした。だから、志望するとは、わたしは、どうしても書けなかった」

そのとき、飛行機の音がした。

見上げると、見たことのない飛行機が、月の光を浴びて、ゆっくりと飛んでいく。

空中に浮かんでいるのがふしぎなほどの速度だ。エンジン音もかたかたと、ひどく元気がない。息切れして、今にもとまってしまいそうだ。

「あれも特攻ですか」

じゃーじゃが訊ねた。

伍長は頷いた。

南へ向かう飛行機を見送って、カミのあじが庭に降り、月を拝むように手を合わせて拝んだ。

「とーとぅ、とーとぅ」

「海軍の練習機ですね。白菊《しらぎく》といったかな」

月の光に顔をさらして、伍長は懐かしそうに見上げた。

「加古川《かこがわ》の教育隊で、訓練中、よく瀬戸内海で出会ったものです。偵察員を何人も載せて飛ぶし、練習機ですので、速度は殆ど出ません」

伍長は、低空を飛んでいく飛行機を見送りながら言った。

「海軍も、あんな練習機を特攻に使うようになったんですね。あの遅さですから、日中飛べばグラマンの餌食でしょう。だから月夜に飛ぶことにしたんでしょうね」

「とーとぅ、とーとぅ」

伍長は、手を合わせるあじに目をやった。

「わたしの乗機も似たようなものです。九七式戦という戦闘機ではありますが、使い古された機体で、いつもどこかしら調子がわるかった」

伍長はそこまで話すと、はっとしたようにじゃーじゃを見た。

「もちろん、だからといって、不時着が許されるわけではありませんが」

伍長の声に力がこもった。

「でも、わたしは決して、命を惜しんだわけではありません。エンジンの故障だったんです」

みんな砂糖小屋に疎開して、ぼくたちのほかはだれもいないシマに、伍長の声は響きわたるようだった。

「なー《もう》、ゆかんどやー《いいんですよー》」

カミのあまがトーグラから出てきて、伍長の背中を抱きしめた。

「なたわ《あなたは》生きちたぼり《生きてください》。どーか生きちたぼりよー《どうか生きてくださいねー》」

驚く伍長を、あまはぎゅうっと抱きしめて、くりかえした。

「どーか生きち《どうか生きて》、あまがとぅくるちむどぅてぃたぼりよー《お母さんのところに帰ってやってくださいねー》」

ぼくは庭に下りた。

月の出た夜は、足許が明るい。ぼくは、砂糖小屋に走って戻った。


きびの皮にもぐりこんでも、ぼくは眠れなかった。

西島伍長の話は思いがけなかった。

ぼくはあちゃ《おとうさん》が二度も徳之島へ徴用されたことや、ユニみー《兄さん》が防衛隊に召集されたことを思った。お国のためだとはいえ、あちゃもユニみーも行きたがらなかった。残されたぼくたちにとっても大迷惑だった。

神鷲とたたえられ、空を飛ぶ神さま。ぼくたちの島を守ってくれる神さま。神さまは、そんなぼくたちとは全然ちがうんだと思っていた。

でも、神さまは自分から神さまになったわけじゃなかった。神さまにさせられたのだ。

神さまもぼくたちと同じだった。

蘇鉄の森で、鳥が鳴きはじめた。ぼくは起きあがって、鎌を腰につけると、明るくなりはじめた外へ出た。

山羊がめえええと鳴きながら寄ってきた。

ぼくは空を見上げた。朝から晴れて、空は広かった。

雨に濡らさないよう、山羊を見るたびに、つい空を見上げてしまう。

「よしよし」

体をなでてやると、山羊がぼくの足に頭をこすりつけて甘えてくる。すっかり大きくなって、自分も母山羊になったというのに、ひどい甘えんぼうだ。母山羊がいたころ、この山羊は母山羊の陰に隠れてばかりいた。隠れるものがなくなってからは、あやや《姉さん》ぼくに隠れようとする。

この山羊が母山羊をなくして、もう半年がたつ。ハナみー《兄さん》がよくならないので、この山羊が乳が出るようになるのを待って歳取った母山羊をつぶし、やじくっすい《山羊薬》をして食べさせたのだ。やじくっすいがききすぎたのか、ハナみーは頭に血が上って熱を出し、それから目が見えないだけでなく耳まで聞こえなくなった。

「いってくるねー」

ぼくは山羊の首を抱いてやってから、砂糖小屋の石垣を出た。うしろから、めえぇという鳴き声が、ぼくを追いかけてくる。ぼくは鳴き声を振りきって歩きだした。

ぼくもどうしても西島伍長に訊きたいことがあった。それに、伍長の話をもっと聞きたかった。カミの家へ行こうと畦道を下りはじめると、下から伍長とカミが上ってきた。

「やあ、おはよう」

伍長は、カミのうしろから、片手を上げてわらった。

「ゆうべ来てくれた子だね」

ぼくは頷いた。

「飛行機を見にいくのー。マチジョーも行く？」

ぼくはもう一度頷いて、ふたりの前を歩いた。

「まちじょうっていうの。かわった名前だね。どういう意味なの」

伍長の声は、ゆうべとは別人のようにくだけていた。

「世《よ》の主《ぬし》のわらびなー《童名》だよ」

「よのぬし？」

「この島の神さまの名前。越山の守備隊の近くにお墓があるよ」

「へえ、君の名前は神さまの名前なんだね」

伍長に言われて、初めて気がついた。そういえば、そうだった。

「わらびなーはねー」

ぼくは照れながら、頷いた。

「わらびなー？」

「生まれたらね、マジムン《悪霊》にとられないように、すぐに名前をつけるの」

カミがぼくのかわりにこたえた。

「へえ、どういう漢字を書くの。まちじょうって」

「漢字はないよ。わらびなーだもん。漢字で書く名前もあるよ。がっこなー《学校名》っていう。でもそれは学校でしか使わないよ」

「へえ、おもしろいね。君のわらびなーはなに？」

伍長がのぞきこむようにカミを見下ろして訊いた。

「カミ」

「じゃあ、ふたりとも神さまなんだね」

「ちがうよー」

カミはわらった。

「カミって甕のこと。水甕のこと」

「島言葉は難しいね」

伍長もわらった。

「兄のわらびなーはイチだよ。イチならわかるでしょー」

カミはわらいながら言った。伍長の顔がさっと曇った。

「それは、長男だから？」

カミは頷いた。頷いた後で、カミの顔からも笑いが消えた。

イチみーは長男だった。長男だったのに、特攻で死んだ。

「ぼくと同じだね」

伍長は言った。カミは頷くと、またわらいながら言った。

「弟はナーク」

「ナークは……なんだろう、わからないな」

「ナークは七。七番目の子。シマ《集落》で七番目に生まれたの」

伍長はわらった。

「それはわからないよ」

ナークはシマでは七番目だが、カミの家では三番目の子だった。どの家でも五人六人の子は生まれるものだったが、カミのあちゃ《父》は出征してばかりで家にいなかったせいで、カミのきょうだいは少なかった。

ヤンバルは八。トラは十。そんな、島ではあたりまえのことで、伍長がわらってくれることが嬉しかった。

「ぼくの兄はユニ」

ぼくも伍長をわらわせたくて、口をはさんだ。

「四番目っていうことだよー」

カミがすかさず言った。

「なんでカミが先に言うんだよー」

ぼくがむっとしてにらむと、伍長は、そんなぼくたちを見てわらってくれた。

伍長は、頭に真っ白な包帯を巻いたまま、草の生い茂る細い道を、一歩ごとに踏みしめるように歩いた。手には木の枝を持っていた。

「つかれた？　大丈夫？」

カミがたずねる。伍長は首を振った。

「大丈夫だよ。ハブがいるかと思ってね」

言いながら、伍長はぼくたちの足許の草を枝で叩いた。

「ぼくは長靴だからいいけど、君たちははだしだから」

「ハブはいないよー」

カミはわらった。

「他の島にはいても、えらぶ《沖永良部島》にはいないよー」

「えらぶだけ？　どうして？」

ぼくは待ってましたとばかりに説明した。

「昔ね、奄美《あまみ》の島がみんなつながっているときに、ハブが島をずうっと通っていったんだってー」

この話は、物心ついたときから、大人たちに聞かされてきた。空襲を避けて夜中にウム《芋》を植えたりできるのは、この島にハブがいないおかげだった。

「でも、その後、えらぶは七回海に沈んだから、ハブがいなくなったんだってー。山があって、沈みきらなかった島だけ、ハブが生きのびたんだってー」

ぼくがそこまで言ったとき、またカミが先を越して続ける。

「だからね、えらぶは、えらでぃ《選んでも》えらばらぬ《選べない》えらぶ島っていうんだよー」

「なるほどねえ。すごい島なんだね、この島は」

伍長はそう言うと、手にしていた枝を草の中に投げ捨てた。カミは自慢げに頷いた。

「だから、なんでカミが先に言うんだよー」

ぼくがカミをにらむと、伍長はまたわらってくれた。


アガリヌヤー《東の家》のウム《芋》畑のはずれに、飛行機がそのままあった。あたりはまだ焦げくさい匂いにつつまれていた。

西島伍長は翼に足をかけ、左側からぽんと、傾いた操縦席に乗りこんだ。

伍長はユニみー《兄さん》よりも小柄だった。歳もユニみーとかわらないくらいに見える。こんな人がこんなに大きな戦闘機を飛ばしてきたとは信じられない。

「直せる？」

操縦席から下りてきた伍長に、カミはたずねた。伍長は首を振った。

「無理だね。もう解体するしかない」

その返事に、カミは嬉しそうにほほえんだ。ぼくも同じ気持だった。飛行機が飛べないということは、伍長は島にいるしかない。三月に疎開船が鹿児島に行ったのを最後に、ヤマトゥ《本土》への交通は途絶えていた。ぼくたちは、親しげにぼくたちの名前を訊いてくれた伍長を、すっかりすきになっていた。

「三万円の棺桶を壊しちゃったよ」

伍長は肩をすくめて見せた。

「上官からよく、おまえたちは三万円の棺桶で葬られるんだからありがたく思えと言われたんだけどね」

伍長は飛行機の落ちた畑をながめた。

「畑をこんなに荒らして……申し訳ないね」

アガリヌヤーのウム畑は見る影もなかった。柔らかに耕された畑は飛行機の機体に沿って押しつぶされ、夜ごとに手探りで植えつけたつるから実をつけ、太りはじめたばかりのウムは粉々に砕かれて、白く散らばっていた。

このウム畑は、もともとは百合《ゆり》畑だった。

暑くなると、島中で真っ白な百合の花が咲いた。そのころ、えらぶ《沖永良部島》は百合の島と呼ばれていた。アメリカが一番のお得意先だった。戦争が始まってからは、アメリカに輸出できなくなり、食糧増産の掛け声のもと、みんなして百合を引き抜いては、ウムを植えた。なおも畑の隅などで百合を育てていた人は、国賊とかスパイとか言われた。

それでも、ぼくは戦争なんだからしかたがないと思った。あちゃ《おとうさん》が徴用されたことも、ユニみーが召集されたことも、ウムやウムのつるを供出することも、一番のお得意先だったアメリカと戦うことも。

ヤマトゥと船の行き来ができなくなってからは、はじめにマッチがなくなった。火種に灰をかぶせて絶やさないよう、あま《おかあさん》もあや《姉さん》もいつも気をつけていた。

それから、石鹸がなくなった。ハイビスカスの葉を叩いて出したぬるぬるした汁や赤土で髪は洗ったが、あちゃたちの髭剃りはどうしようもなかった。ハイビスカスの葉でいくら顔をなすっても、剃刀をあてると痛くてたまらないという。戦争なんだからしかたがないと、髭をのばす人が多くなった。あちゃもカミのじゃーじゃ《おじいさん》も髭をのばしていた。

戦争なんだからしかたがない。

しかたがない。

イチみーの葬式のときに、カミのあまは、トーグラ《台所》でそう言った。うつむいて、炊いているたくさんのウムをみつめながら。まるで自分に言いきかせているようだった。

そう言って、ぼくたちはどれだけたくさんのものをあきらめているんだろう。

カミが、足許に転がるウムのかけらを拾いあげた。白い根をのばし、これから太ろうとしていた。

戦争なんだから、しかたがない。

それはぼくたちだけじゃなかった。

神さまだと思っていた特攻隊の兵隊さんも同じだった。

「すみませんって、謝ってたねー」

ぼくは伍長に言った。伍長は驚いた顔でぼくをふりかえった。

「ぼくが？　いつ？」

「運ばれてるとき。なんべんも謝ってたよ」

ぼくは、伍長をなぐさめるように言い足した。

「戦争だから、しかたがないよー。アガリヌヤーのおじいさんも許してくれるよー」

「そうだね」

伍長は考えこむように、荒れた畑を見た。

「飛行機で飛んでるとき、下の声も聞こえるのー」

ぼくは昨日から訊きたかったことを訊ねてみた。

「下の声って？」

「空襲で防空壕に入ったときに、泣くとグラマンに聞こえるって言われたんだよー」

「地上にいる人の声ってこと？」

ぼくは頷いて続けた。

「和泊で泣いた子の家に爆弾が落とされて、おばあさんが死んだんだってー」

「それは偶然だよ」

伍長は驚いた顔をした。

「地上ではそんなことを言うんだね。飛行機のエンジン音はものすごいからね。空中で編隊を組んでいる機同士でも、声は絶対に届かないから、手で合図するもんだよ。まして地上の声が飛行機まで届くわけがないよ」

ぼくはカミをふりかえって、わらいかけた。カミもほっとしたようにわらった。

今朝のカミはよくわらう。

「きれいだね」

伍長が飛行機を背にして、海のほうを見た。朝日を浴びて輝く、とりどりの葉っぱの波は、海まで続く。

まだ夜が明けたばかりだというのに、その波間のあちこちから、朝の食事の準備をする白い煙が立つ。砂糖小屋のとがった茅屋根の下では、どの家でも働きもののあまが、ウムかヤラブケー《蘇鉄の実の粥》を炊いているのだろう。

カミはまた伍長にわらいかけた。

「空を飛ぶって、どんな感じ？　この島って、どんなふうに見えるの？」

「小さな島だよ」

伍長はカミにわらいかえした。

「手のひらで包めるくらい」

「そんなわけないでしょー」

カミはちょっとにらんだ。伍長はまたわらった。わらうとますます幼く見える。

「空を飛ぶのは気持がいいよ。初めて単独飛行をしたときは最高だった。家族に見せたかったよ。ぼくは空を飛んでるんだぞーって」

伍長の言葉に、カミは嬉しそうに頷いた。きっと、イチみーのことを思っているんだろう。

「世界は果てしなく広いよ。空を飛べばわかる。それで海があんまりどこまでも広がっているものだから、ずっと飛んでると、心細くなってくる。そんなときに島を見るとね、ほっとするんだよ。島って本当にふしぎだと思う。海の中にぽつんぽつんと、まるで、だれかが落としていったみたいに見えるんだ。ずっと、沖縄まで」

伍長は目を細めた。

「海に手が届きそうだ」

「海に行く?」

カミがわらいながら訊ねた。

「連れていってあげる」

カミは伍長の背中を押した。伍長は、うしろからカミに押されながら、歩きだした。

そんな甘えたカミを見るのは久しぶりだった。カミはお兄ちゃん子だった。ものごころついたときにはあちゃ《父》が出征しておらず、イチみーがずっと父がわりだった。イチみーが島にいたころ、いつもカミはイチみーにまとわりついて甘えていた。


砂浜に降りると、なぜかぼくはいつも波打ち際に向かって駆けだしてしまう。

思わず五、六歩駆けたあとで、はっとしてふりかえると、伍長はカミと砂浜に立ちつくしていた。

「きれいだね」

伍長はウム《芋》畑で口にしたことをまた言った。それでも、海をみつめたまま、動かない。

「どうしたの―」

ぼくは伍長のそばまで引き返してたずねた。

「まだ生きているのが信じられないんだよ」

伍長はぼくを見もせずに言った。

「すべてが夢なんじゃないか。ここは天国のようだ」

ぼくとカミは目を見合わせた。それから、伍長が身じろぎもせずみつめている海に目をやった。

最近は浮遊物がないせいか、今朝は砂浜にはだれもいない。朝日を浴びた波は、きらきら光りながら、真っ白な砂浜に寄せてくる。島をぐるりと囲む珊瑚礁は、どんな荒波も打ち消して、おしとどめてくれる。水平線は真っ平らで、いつも通りの海だ。青い空にぽっかり浮かんだ雲が、鏡のような海面に浮かんでいる。

「それなに?」

カミは伍長の胸に下がる女の子の人形を指差した。

伍長は我に返ったようで、カミの人差し指の先を見下ろした。

「ああ」

伍長は人形のひとつを胸から外した。

「あげるよ」

伍長は人形をカミに差しだした。人形はきちんと白い開衿シャツを着て、絣《かすり》のもんぺを穿き、頭には日の丸の鉢巻きを締めている。

「いいの？」

伍長は頷いて、砂浜に腰を下ろした。ぼくたちも伍長をはさんで横にすわった。カミは人形を両手でそっと包んだ。

「ゆうべは君たちもびっくりしたろう。こっちは生きてるのに、神さま扱いされる。ずっとなんだ。もう慣れた」

伍長は胸に揺れる人形にそっと触れた。まだ二つの人形が下がっている。

「これは、呪いだと思ってる」

ぼくは聞きまちがえたと思った。聞き返す間もなく、伍長は続けた。

「基地のまわりの挺身《ていしん》隊の女学生たちがね、作ってくれたんだ。特攻の成功を祈ってね。ひと針、ひと針」

ぼくとカミはカミの手の中の人形を見た。縫い目は見えないほどに細かかった。目と口は墨で描かれている。

「成功って、死ねっていうこと。死ねという呪いなんだよ。こわかったよ。ぼくたちが通ると、女学生たちが近づいてきてはね、手渡してくれる。みんな花のようにきれいな顔をしてね。みんなわらっていたなあ」

日の丸の鉢巻きをしたおさげ髪の人形は、たしかにわらっていた。

「彼女たちだけじゃない。みんなね、成功を祈ってくれる。上官も、整備兵も、取材に来た新聞記者も、みんな。ぼくが本当に神になれるように。死んで神になれるように」

伍長は海をみつめてつぶやいた。

「本当に、みんな、きれいだったなあ」

カミは手の中でわらう人形を見下ろしたまま、どうしたらいいかわからず、固まっていた。

「ごめんごめん」

伍長はカミの様子に気づいて、その手から人形を取りあげた。

「やっぱりあげられないよ。これはぼくへの呪いだから」

伍長はまた人形を胸に下げた。

カミはほっとため息をついて、からっぽになった手を砂の中につっこんだ。手を汚してしまったとき、ぼくたちがいつもするように。

「きみたち、靴は?」

伍長は砂の上のぼくたちのつま先を見て言った。さっきウム畑の中に入ったから、指の間に湿った泥が茶色く残っている。

「みんなはだしだよね。痛くないの」

「痛くないよー」

「戦争だから、靴がなくなったの」

「ちがうよー。もともとみんなはだしだよー」

島では大人もこどももみんなはだしが普通だった。よそへ出かけるときだけ、わら草履を履く。それでも、なるだけ長持ちするように、町までははだしで歩いていって、町に入るときだけわら草履を履いた。そういえば、ゆうべうちに来たまわりのシマ《集落》のおばさんたちは、わら草履を履いていた。島で靴を履いているのは、学校の先生と、守備隊の兵隊さんだけだった。

ぼくとカミは、ぼくたちのはだしの足にはさまれた、伍長の長靴をみつめた。鈍く光る黒い革の長靴。亀岩の兵隊さんが履いていたのと同じ靴。

「伍長さん」

ぼくが声をかけると、伍長はぼくを見た。

「ぼくは、もしいつか、特攻隊の人に会えたら、お礼を言いたいってずっと思ってたんだ。ぼくたちの島を守ってくれているお礼を」

「お礼？」

「この前、この沖に特攻機が三機落ちたんだ」

ぼくは珊瑚礁のむこうを指さした。

「島の上を飛んできたんだよ。それで南から来たシコルスキーにみつかって、追いかけられた。そうしたら、どの飛行機も沖へ飛んでいって、撃墜された。ぼくたちが地上にいたから、島に被害を与えないようにしてくれたんだ。だから」

「それはちょっとちがうかもしれない」

伍長はぼくの言葉をさえぎった。

「敵機に発見されたら、海上へ飛んだほうが、敵機には見えにくくなるんだよ。緑色に塗ってある翼が、海の色と重なって見えるからね」

伍長の言葉の意味がわかるまで、ちょっと時間がかかった。なんとかのみこめると、ぼくは続けた。

「でも、だって、特攻機はいつも島の上を通らないで、海の上を通っていくよー。もし撃墜されても、島に被害を与えないようにしてくれてるんでしょー。越山の兵隊さんが言ってたって」

「レーダーに捕捉されないよう、低空で飛ぶからね、障害物のない海上のほうが安全なんだよ。もちろん、島に被害を与えたくないというのは事実だけど、不時着する場合は島に降りるしかないしね」

伍長はこともなげに言った。

「そもそもぼくたちは未熟だからね、正直言って、そんな余裕はないんだよ。みんな晴れた日にしか飛べないし、ぼくは今回の出撃が初めての長距離飛行だった」

そういえば、特攻機は、晴れた日にしか飛んでこない。

神さまは島を守っていたわけじゃなかった。

「最初で、それで最後の長距離飛行になるはずだったのに」

伍長は珊瑚礁のむこうを見た。

「ぼくはこんなところで生きている」

伍長はそうつぶやくと、ぼくたちをかわるがわる見た。

「ごめんよ。ぼくがすみませんって謝ってたのは、芋畑を荒らしたことじゃないんだ」

ぼくは、雨戸の上でうめいていた伍長の姿を思いだした。

「貴重な飛行機を失って、ぼくだけ生き残ってしまった」

伍長はまた海を見た。

「昨日、一緒に出撃したみんなは沖縄に辿りついて突入している。ぼくも昨日、みんなと一緒に死ぬはずだったのに。死んで神になるはずだったのに」

伍長は叫ぶようにそう言うと、頭を抱えた。

胸で人形が大きく揺れた。

ぼくたちも黙りこんだ。

波の音と鳥の鳴き声が沈黙を埋めていく。

「ここにいれば？」

カミがぽつりと言った。伍長ははっと顔を上げた。

「もうヤマトゥ《本土》に戻らないで、ずっとここにいれば？　戦争が終わるまで隠れていれば？」

思いきった言葉に、ぼくはまじまじとカミを見た。カミを見る伍長の顔はわからない。

いきなり伍長はわらいだした。

「きみはお母さんにそっくりだね。きっときみはいいお母さんになるよ」

わらって、わらって、目尻から流れた涙を拭った。

「生きててよかった」

わらいながら、そうつぶやいた伍長は、もう、神さまじゃなかった。

越山から守備隊の兵隊さんたちがやってきた。

西島伍長の指揮で、ウム《芋》畑の飛行機の解体作業が始まる。トゥール《風葬》墓の白骨のように白く散らばったウムのかけらを、兵隊さんたちの靴が入り乱れて踏みつぶした。

アガリヌヤー《東の家》はおじいさんとおばあさんの二人暮らしなのに、これからどうするのだろう。

これだけ荒らされれば、この畑のウムはもう育たない。アガリヌヤーはうちと同じくらい貧しかった。南風が吹くたび、流れつくアメリカの食料品を拾いに、おじいさんはぼく以上にせっせと、曲がった腰で浜までやってきていた。

兵隊さんたちに囲まれ、指揮している伍長は、近寄りがたかった。ぼくとカミは、朝の浜で話したときとは別人としか思えない伍長を、遠くからながめた。

伍長は解体作業の間だけカミの家に滞在したが、あっという間に終わってしまった。次の日の夕方、伍長は越山の守備隊へ行くことになった。

まだ明るいうちから、シマ《集落》の人たちが伍長を見送ろうと、カミの家に集まってきた。

あちゃ《おとうさん》が三味線を弾いて、最後にあや《姉さん》が唄った。イチカ節だ。

さらば《そろそろ》　たちわかり《お別れしましょう》

なちゃぬびる　うもーり《明日の夜またおいでください》
じゃーじゃ《おじいさん》が伍長に唄の意味を伝えているらしい。伍長は手を叩きながら、何度も頷いた。
なちゃぬびる　うもーり《またおいでください》
まくとぅ　かたら《ありのままの思いを語りましょう》

「またいつか、この砂糖をいただける日があるといいのですが」

最後に出されたサタ《黒砂糖》で、お茶を飲みながら、伍長は言った。

伍長がカミの家を後にすると、カミのあま《おかあさん》がトーグラ《台所》で泣いていた。

「ヤマトゥ《本土》に帰って、また特攻に行かされるんだろうねー、かわいそうにねー、かわいそうにねー」

あまはいつまでもくりかえしていた。

あじ《おばあさん》は怒った顔をしてあまをなぐさめていた。

「戦争だから、しかたがないねー」

あじはくりかえした。

「しかたがないねー」

ぼくはシマ《集落》の外れまで伍長を見送った。

みんな疎開して、シマには伍長を見送る人しかいない。置いていかれた鶏たちだけが、こっこっこ鳴きながら、我が物顔で歩きまわっている。

ぼくはガジュマルの木にのぼって手を振った。カミは気根の垂れ下がる木の下で伍長を見送っていた。

伍長はふりかえって、手を振り返してくれた。ぼくは木から落っこちそうになるくらい、大きく手を振った。でも、カミは木の下でじっとして、手を振らなかった。

伍長はもうふりかえらず、そのまま歩いていって、白い道の先に消えた。

伍長を見送りに集まってきた人たちは、空襲を怖れ、すぐに砂糖小屋へ戻っていった。

ぼくはシマの中を通りながら、鶏が生んだ卵を拾った。夜、鶏が上がって眠るトゥブラ木《とまり》の下にも、卵が生んであった。ぼくはあたたかい卵を拾っては、ズボンのポケットに入れた。雛を連れて歩いている鶏もいる。

「なんで手を振らなかったのー」

砂糖小屋への道で、先に行ったカミに追いついて、訊ねた。

カミはうつむいて黙っていた。

「せっかく伍長さんが手を振ってくれたのに」

ぼくが非難がましく言った言葉が風に飛んでいって、ずいぶんたったころ、やっとカミは口を開いた。

「あちゃ《おとうさん》が出征するときも、イチみー《兄さん》が予科練に行くときも、わたし、手を振ったの」

カミはぼくを見ないで話した。

「わたし、手を振って、あちゃとイチみーを呪ってしまった。伍長さんのもらった人形と同じことをした。あのとき、あちゃとイチみーに、がんばってね、お国のためにがんばってきてねって、言ってしまった」

「それは」

ぼくはさえぎった。

「みんな言うよー。ぼくも言ったよー」

カミは首を振った。

「みんな言う。わたしも言った。あたりまえだと思ってた。きっと、伍長さんを見送った女学生もあたりまえだと思ってる。わたしはあちゃとイチみーに呪いをかけた。わたしは手を振って、送りだした。わたしはをぅない《姉妹》神なのに。それで、ふたりとも、帰ってこなかった」

カミはぎゅっとこぶしを握った。めずらしく、水桶もきびの束も、ナークも抱えていない手だった。

「もう手は振らない」

カミの握りしめたこぶしの中には、何もなかった。

ぼくは思わず、その手に、拾った卵をひとつ握らせた。

「何よ、これー」」

カミはわらいだした。

「もうひとつ、あげるよー
ぼくはもう片方の手にも、まだ生あたたかい卵を押しこんだ。カミは両方の手に卵をひとつずつ握って、わらった。

ぼくもわらった。

カミがわらってくれるだけで、ぼくはそれだけでよかった。

暑くなるにつれ、空襲はますます激しくなった。

空襲を怖れて、明るいうちに出歩く人がいなくなった。海へ続く真っ白なニャーグ道《石灰岩片》を、朝から晩まで、太陽がまんべんなく照りつける。

草刈り場に行く人もへって、刈るよりも早く草が生い茂る。ぼくたちの背の高さを越えてぼうぼうと生えた草を刈るのは大変だった。ちょっと前まで、のびた草を探して、遠くまで歩きまわったものだったのに。

ぼくもヤンバルも毎日かわらず、夜が明けると草刈り場まで牛のえさにする草を刈りにいったが、トラグヮーは来なくなった。トラグヮーのおばさんが空襲を心配して、トラグヮーを砂糖小屋から出さないようにしたのだ。もうえさもやれないから、牛は売ってしまったという。

牛がいなくてはどうしようもない製糖作業も、ちょうどの家でも終わっていた。うちの製糖が終わったのは最後だった。徳之島から戻ってあちゃ《おとうさん》が炊いた砂糖は、今年も一等を取れなかった。

製糖が終わると、豚をつぶしてにぎやかに、サタジョージ《製糖終了祝い》をするものだったが、今年はどの家もサタジョージをしていない。

カミの家の牛のえさも足りないようだった。やせてきたし、よく鳴くようになった。

ぼくは、刈った長過ぎる草を、オーダ《もっこ》にぐいぐい押しこんだ。草は短く切ってやらないと、牛は食べない。これだけ長いと、切る手間が思いやられる。

草刈りから戻ると、カミがガジュマルの木の下で葉っぱを拾い集めていた。

ガジュマルの木の葉も牛のえさになる。でも、カミはこわがりだから、木にのぼれない。

「弱虫。木にものぼれないのか」

ぼくはカミに言いながら、担いできたオーダを根もとに下ろして、木にのぼった。

「フリムン《ばか》と煙は高上がりするからねー」

カミが下から言うのを聞いて、ぼくはわらった。カミも下からぼくを見上げてわらった。

ぼくは横枝に立ってガジュマルの葉っぱをちぎっては落とした。あま《おかあさん》がウムやウム《芋》のつるを入れる大きなヒャーギ《ざる》に、カミは、ぼくの落とした葉っぱを、断りもなく拾って入れる。こういうとき、やっぱりカミはぼくにお礼を言ったりはしない。ぼくはそれが嬉しかった。

「マチジョー」

急にカミが下から声をかけてきた。

「早くおりてー」

ぼくは葉っぱの間から遠くまで見回したが、飛行機の影もないし、なんの音も聞こえない。

このごろは、沖縄からの艦砲射撃の音もすっかり聞こえなくなっていた。

「早くおりてよー」

カミは切羽詰まった声でくりかえした。

「飛行機来てないよー」

「来たら撃たれるでしょー。早くおりてー」

「もう少しいるだろ」

「もういいからー。早くおりてー」

カミがあんまりうるさいので、ぼくは下から二本目の横枝から飛びおりた。

「木の上だと撃たれるでしょ」

「え?」

ぼくは問い返した。

「なんで?」

「木の上だと空に近いでしょ。空に近いとそれだけ撃たれるでしょ」

カミは真剣だったが、ぼくはわらいだしてしまった。

「なんでわらうのー」

カミが心配してくれたのが、嬉しくてたまらなかった。

「静かだよー。沖縄からも何も聞こえない」

ぼくはカミを手伝って、散らばった葉っぱを拾い集めた。

「沖縄はどうなったんだろうねー」

「田植えのとき、手伝ってくれた兵隊さんたちねー」

カミは大きなヒャーギをガジュマルの葉っぱでいっぱいにしながら、言った。

「あの兵隊さんたちって、逃亡兵なんだってね」

ぼくは耳を疑ったが、カミは淡々と話しつづけた。

田植えを手伝ってくれた兵隊さんたちは、戦場となった沖縄から脱出して、サバニ《くり舟》で島伝いに渡ってきた逃亡兵だという。

兵隊さんたちは隠していたが、島はせまい。沖縄への攻撃が激しくなるにつれ、メーヌ浜《前の浜》に漁師に変装した逃亡兵が、夜ごとにサバニでやってくるということを、大人たちは知っていたのだ。カミの親戚のおじさんは、夜通しそれを見張って、発見したら守備隊に伝えるのが任務だった。

敵前逃亡は死刑だが、軍法会議にかけるにも、本隊は別のところにある。やむをえず、最下級兵扱いで越山で隔離されているという。越山の守備隊には、逃亡兵がもう百人もいるということだった。

ぼくは田植えのとき、カミと兵隊さんたちとの会話がかみあわなかったことを思いだした。

それでもカミのじゃーじゃ《おじいさん》はそれを聞き返すこともなく、聞き流していた。じゃーじゃはみんな知っていたのだ。

あのころ、南の海からはずっと、朝から晩まで、どおんどおんと艦砲射撃の音が響いていた。あの音の下はどんなことになっていたんだろう。島を逃げだす兵隊さんたちの気持は、痛いほどわかった。

「でもね」

カミはふと手をとめて、言った。

「逃げだしてくるのは兵隊さんたちだけなんだって」

ぼくも手をとめて、カミを見た。

「沖縄の人たちは、まだひとりも逃げだしてこないんだって」

ぼくは田植えを手伝ってくれた兵隊さんたちの着ていた服を思いだした。芭蕉の繊維で織られたばしゃちばら《芭蕉布の作業着》。この島でも、沖縄でも、みんな着ているばしゃちばら。どの家でもあやや《姉さん》あまが織って作る、涼しくて軽いばしゃちばら。

兵隊さんたちが着ていたばしゃちばらは、もうずいぶん着込まれたものばかりで、すっかりくたびれていた。裾や袖の丈が足りなくて、前が合わさっていない人もいた。

あのばしゃちばらは、だれのばしゃちばらだったんだろう。あのばしゃちばらを着ていた人たちは、どうなったんだろう。

目をさますと、雨の音はもう聞こえなかった。

砂糖小屋の外は目がくらむほどに明るかった。何日か雨が続いていた。こんなに晴れたのは久しぶりだった。

朝のウム《芋》を食べてすぐ、山羊に草を食べさせに出た。道ばたの草を食べようと立ちどまるのを、うしろから追っては歩かせる。山羊は気位が高く、前に立ってひっぱると、機嫌をわるくして歩かなくなることもある。この山羊は甘えんぼうだからそれほどでもなかったが、母山羊はいつもぼくより先に立って歩いていた。

水かさの増えた田んぼには、めずらしく人の姿があった。おばさんたちが田んぼで洗濯をしていた。雨続きでたまった洗濯物の始末の必要が、空襲の恐怖に勝ったらしい。

カミのあじ《おばあさん》もいた。腰を折って、しきりに白い布をすすいでいる。それがうちゅくい《頭にかぶる布》か、下帯かはわからない。

カミを探すが、見あたらない。水汲みに行っているのかもしれない。山羊をホー《水汲み場》のそばの草原に連れていくことにして、道を下った。

下り道の赤土が雨に粘って、はだしの足はよくすべる。足の指を立て、ひっかけるようにして歩く。

カミの足跡を探すが、さすがにわからない。水桶を頭にのせ、カミがこの道をすべらないで上れるとは思えない。

カミが水汲みの練習をしていたとき、要領のわるいカミは、水がこぼれるたびに、ハシ《桶座》ののせかたがわるいのかもしれないと、水桶を下ろしては、やりなおしていた。水の入った桶は重たくて、ひとりで頭にのせるのも下ろすのも大変だった。

カミが水汲みの練習を始める前に、イチみー《兄さん》は予科練へ行ってしまっていたが、もしイチみーがいたら、妹思いのイチみーは、まちがいなくカミを手伝っただろう。

イチみーが戦死したとき、男子組では、先生が「陽一《よういち》は靖国神社に祀られて、神さまになった。おまえたちも陽一に続け」と話し、男子はみんなイチみーに憧れ、あとに続くことを誓った。

でも、ぼくは、一緒に遊んでくれたイチみーのことばかりおぼえていた。

イチみーは何をやってもうまかった。バンシロ《グアバ》を取るときは、一番高くまでのぼり、枝の先に生る甘い実をもいだ。ため池でちゅぶんたぶん《水切り》をすると、イチみーやユニみーの投げた石がいつも一番遠くまで水面をはねていった。ちゅぶん、たぶん、みぶんと数えては、イチみーやユニみーのはぼくたちには数えきれず、いっぱいと言ってわらいあった。

ナークが生まれるまで、イチみーには弟がいなかったので、ぼくはよくかわいがってもらった。釣りの帰りに遅くなって、ふたりで夜道を歩いていたとき、前から白い豚がやってきて、走って逃げたことがあった。白い豚に股をくぐられたら死ぬといわれているものだから、ぼくは足を閉じたまま、ちょこちょこ走った。それでなんべんも転んで、しまいにはイチみーがおんぶしてくれた。

ぼくはこわくて、家に帰っても震えがとまらなかった。イチみーは豚小屋へぼくを連れていって、すうすう眠っている豚を「くるくる」と呼んで起こすと、棒で黒い背中を叩いてきゃんきゃん鳴かせた。「マチジョー、大丈夫だよー。豚の鳴き声がマジムン《悪霊》を追い払ってくれるからねー」とイチみーが言い、ぼくはやっとほっとして、震えもとまった。

あくる朝、ふたりで白い豚に会ったところまで行ってみると、風で飛ばされたのか、木の枝に白いうちゅくい《頭にかぶる布》がぶらさがって揺れていた。「あべー《あれー》、豚がかわいそうだったねー」とイチみーは言い、ぼくたちは大笑いした。

イチみーが死んで、軍神とか神鷲とか呼ばれるたびに、ぼくはイチみーが遠ざかっていくように感じて、さみしかった。

イチみーはずっと、弟をほしがっていた。やっと生まれたナークに、予科練にいっていたイチみーは、結局一度も会うことができなかった。一週間の休暇では、えらぶ《沖永良部島》まで帰ってくることができない。ナークに一目会いたいと書いていた手紙の、きちょうめんな字が忘れられない。

山羊の首綱を草原《くさはら》の木に結ぶと、ホーのそばでカミを待った。

クッカル《あかしょうびん》が鳴いて飛んだ。真っ赤な羽根をしきりに動かす。クッカルも晴れた日を喜んでいるのかもしれない。

晴れた日は、空襲日和でもあるのに。

くっかるかーる《あかしょうびんは》
ちゅらさわあーしが《きれいだけれど》
うとぅげぬながさぬ《くちばしが長いのが玉に瑕だよ》　よいよいよい

クッカルをからかって唄う。この唄もみんなでよく唄った。

カミが来るかどうかはわからない。

でも、ぼくは、ただ、カミを待っているのが嬉しかった。


空襲日和が続いていた。

ぼくは草刈りの帰りにガジュマルの木にのぼり、葉っぱをちぎっては落とした。このあと、カミが牛のえさにする葉っぱを拾いに来るのはわかっていた。

ところが、思ったよりも早く、カミがナークを背負い、ヒャーギ《ざる》を持ってやってきた。

「マチジョー、何してるの？」

何をやってものろくてどんくさいくせに、こういうときだけ目ざといカミは、木の下まで来て、ぼくを見上げた。

ぼくはとっさに、枝に生えているミミグイ《木くらげ》をちぎって見せた。

「ミミグイを取ってる」

梅雨の間にずいぶん大きくなっていた。

「ほら、こんなに大きくなった」

これ見よがしにズボンのポケットに押しこむ。

「マチジョー」

でも、木の下に散らばっている葉っぱはどうしようもない。風もないのに、ぼくののぼっているガジュマルの木の下にだけ、葉っぱが落ちている。

続けて、カミがお礼の言葉を言いそうになったので、ぼくはちぎったミミグイを振りまわし、大きな声を出した。

「こんなに大きいのがあるよー。じゃーじゃ《おじいさん》もすきだろー」

「マチジョー」

カミの声とはちがう太い声がした。見ると、ユニみー《兄さん》が竹槍を持って、シマ《集落》の道を走ってくる。

「ユニみー」

ぼくはガジュマルの木から、カミの横に飛びおりた。

「メーヌ《前の》浜まで偵察に来たんだよー。もう砂糖小屋まで行く時間がない。おまえに会えてよかったよー」

ユニみーはめずらしく、まくしたてるように話した。

「今、越山では戦車壕を掘ってる。アメリカ軍が上陸してきたときに、戦車を落っことすための穴だよー。肉弾で攻撃する訓練も受けてる。一億総特攻、挺身斬り込み、対戦車肉薄攻撃っていってねー。といっても装備も何もない。これだけだよー」

ユニみーは手にした竹槍を持ちあげて見せた。先端には鉄の槍先がついている。

「学校の鉄棒で作ったんだって。武器はこれしかない。格好もみんなめちゃくちゃ。防衛隊は国民服の人もいれば、背広を着てる人もいる。兵舎もうちと同じ、茅葺きだ。だから攻撃もされないよー」

ユニみーは一瞬わらったが、すぐに真剣な顔に戻った。

「アメリカ軍が敵前上陸してくるのはまちがいない。そのときは、軍艦にたくさん戦車を積んでくるから、上陸しやすいところから上陸用舟艇《しゅうてい》で浜に乗りあげて、ハッチをずーっと開いて、そこから戦車が上陸する。長い砂浜でないと無理だから、えらぶ《沖永良部島》だと国頭《くにがみ》か伊延《いのべ》の二ヵ所。ネーキナもいいが、途中に急な坂がある。不可能じゃないが、おそらく上陸してくるのは国頭か伊延だろうねー」

ぼくは、ユニみーの勢いに飲まれて、ただ、こくこくと頷いた。

「戦車は何百台となくやってくるそうだよー。それで、戦車壕を守備隊のまわりにぐるっと掘っている。でも、みんなが避難することになっている第三避難壕は、その外になる」

「え?」

ぼくには意味がわからなかった。

「今、みんなで掘ってる第三避難壕はねー、戦車壕の外にあるんだよー」

ユニみーはくりかえした。

「戦車が来たら、第三避難壕は最初にやられるよー。戦車壕の外にあるんだからねー。おれたちは今、戦車壕を守備隊陣地を守るためだけに掘ってるんだよー。沖縄から逃亡兵が来ていて、言っていた。沖縄ではあちこちで玉砕したって。沖縄の次はえらぶ。神風《かみかぜ》は吹かないし、戦場では竹槍はなんの役にも立たないそうだ」

ぼくは頷けなかった。

「第三避難壕に逃げちゃだめだよー。あそこは死ぬために行くところだよー。おまえたちは南へ逃げなー。バーシマジイとか、田皆《たみな》がいいよー」

「ユニみーはどうするの?」

「おれのことは気にしなくていいよー。それより、いいねー。第三避難壕へは逃げちゃだめだよー」

ぼくもカミも頷いた。

「ハナみーを頼んだよー」

ユニみーは言った。

「おまえはハナみーにかわいがられてたからねー。ハナみーはおまえを学校に背負っていったこともあったんだよー。おまえはすぐおしっこするから、ハナみーは大変だったんだよー」

あたりまえだけど、ぼくはおぼえていなかった。カミがわらった。

「そんなかわいいときもあったんだねー」

「みんなを頼むねー」

ユニみーはいつものようにぼくの頭をなでるのではなく、肩を叩いて、もと来た道を戻ろうとした。肩を叩かれたのは初めてだった。そのとたん、ずっとおとなしく眠っていたナークが、カミの背中で火がついたように泣きはじめた。

ユニみーは足をとめてふりかえった。

「どうした」

カミは背中をゆすって、機嫌を取ろうとしたが、ナークは泣きやまない。

「大事にしてやれよー。じゃあまたなー」

ユニみーはそう言うと、ナークの泣き声だけが響く、真っ白なニャーグ《石灰岩片》道を走っていった。


それから二日もしないうちに、ユニみー《兄さん》は雨戸にのせられて帰ってきた。同じシマ《集落》から召集されたおじさんたちが運んできてくれた。

戦車壕を掘っているところに空襲があり、機銃掃射にやられたという。

もう息はしていなかった。

あんなに逃げ足が速かったユニみーなのに。

代掻きのとき、ぼくを置いて畦へ上がって逃げていったユニみーの、泥だらけの大きな足をおぼえている。雨戸の上にそろった二本の足は相変わらずはだしで、泥だらけだったけど、泥は白く乾いていた。

　あま《おかあさん》が土と汗と血でべったりと汚れた国民服を脱がせてやろうとしたら、戦争に行ったことがあるカミのじゃーじゃ《おじいさん》が止めた。

「弾の入ったほうは小さくても、出るほうは大きな穴になっているからねー、服は脱がさないほうがいいよー。服を脱がすと、体がばらばらになってしまうよー」

　ユニみーは服を着たまま、棺に入れられた。

「着替えもさせてやれないなんてねー」

　あまはそう言って泣いた。

「にじょさい《かわいそうに》よー、はなしゃぐゎー《愛しいわが子よ》よー。がにゃぬしがたなてぃ《こんな姿になって》、むどぅてぃきちゃろー《帰ってきたんだね》」

　あちゃ《おとうさん》が泣きながら言った言葉を、ぼくは前にも聞いたことがあった。

「あや《姉さん》のせいだねー。ユニごめんねー」

　あやが言った。

「あやにはをぅない《姉妹》神の資格がないねー」

　をぅない神はたかさ《尊い》。

「あやのせいだねー」

　をぅない神の願いは必ず通る。

　カミのあじ《おばあさん》がいつも言っていた。

　あやの願いは通らなかった。

「ユニごめんねー、ごめんねー」

あやはユニみーの頭をなで、頬をさすっては何度も何度も謝っていた。

ユニみーが最後まで気遣っていたハナみーには、弟が亡くなったことを伝えようにも、伝えようがなかった。ハナみーは、ユニみーの葬式の間も眠っているのか、横たわったきり、動かなかった。


晴れ間をぬって、アメリカの四発エンジンの重爆撃機が、編隊を組んで北上するようになった。戦闘機の護衛もない。

もうヤマトゥ《本土》には飛行機がないんじゃないかと、おじさんたちは噂していた。戦闘機の護衛もいらないほどに、日本軍は抵抗する力を失っているんじゃないか。

午後や夕方になると、ヤマトゥや徳之島へ飛んでいった爆撃機が引き返してきて、あまった爆弾を落とす。

初めて見たときは驚いた。ガジュマルの木にのぼって見ていると、爆撃機がおなかから何かをひょろひょろーと落とすのが見えた。なんだろうと思っていたら、いきなりものすごい風が吹いてきて、あやうく木から落ちるところだった。爆弾の爆発音は遅れて聞こえた。

浜辺近くに落ちたときは、魚が浮かびあがった。みんなティル《かご》を持って走っていった。シマ《集落》総出でみじくさ《るりはこべ》を撒いて魚を取るときと同じくらい、いくらでも魚が掬《すく》えた。

とうとうヤンバルも、昼間は出てこられなくなった。ヤンバルの家の牛は、機銃で脚を撃たれて立ちあがれなくなり、つぶされた。味噌漬けにされた牛を、お裾分けにもらって食べた。

草刈りに行くのはぼくだけになった。

刈った草をオーダに押《も》し《っ》こ《こ》むのには、こつがいる。不器用なトラグヮーを、ヤンバルとふたりでよく手伝ってやったものだった。三人して足で踏んでオーダにぐいぐい押しこんでは、けらけらわらいころげた。

何がおかしくて、あんなにわらっていたんだろう。

ひとりで刈った草をひとりで踏んで、オーダに押しこむ。

だれの声もしない。自分の息づかいだけだ。のびすぎた草が、風に揺られてざわめく。

早朝の浜にも人気はない。海に浮遊物が流れつくこともなくなっていたが、思いだしたかのようにやってくる特攻機は、あいかわらず南へ飛んだ。編隊を組むことはなく、単独飛行ばかりだった。

もしかしたら、西島伍長が乗っているのかもしれない。

そう思いながらも、もうぼくは手を振ることはしなかった。

トラグヮーやヤンバルの家だけでなく、どこの家でも、もう牛の世話はできないし、どうせみんな死ぬんだからと、牛や豚を売ったり、つぶして食べる家が多くなった。もうお金を持っていても意味がないと、その牛や豚の肉が、またよく売れた。

日が暮れると、みんな、避難していたイョー《洞窟》や防空壕から出てくる。

「ひどい空襲だったねー」

「ほんとうにねー」

「とうとう青年学校が焼けたらしいよー」

「明日はどこかねー」

まるで天気の話でもするように、あまたち《おかあさん》は立ち話をした。それから、蘇鉄焼酎と甘辛く煮た肉を詰めた一重一瓶《いちじゅういちびん》を持って畑に集まり、みんなで唄い踊る。

「どうせもうすぐ、アメリカ兵がやってきて、みんな死んでしまうんだからねー」

「アメリカ兵に食べられるくらいなら、みんなで食べてしまおうねー」

「はなしゃどぅ旨さよー《みんなで食べればおいしいよー》」

大人たちは同じことをくりかえした。

毎晩毎晩ごちそうだった。

豚は鳴き声以外はみんな食べられると沖縄では言うが、えらぶ《沖永良部島》では鳴き声さえもマジムン《悪霊》払いに利用する。これまでは、豚も牛も、それほど大切に食べていたものだったのに、鶏など、一番おいしいももだけ食べてあとは捨てるほどになっていた。鶏の足をもらって、ヤンバルとトラグヮーと三人で指を一本一本分けあい、足が速くなると喜んで食べて、味がなくなるまで骨をしゃぶっていたころが嘘みたいだった。

一方で、第三避難壕へ行く日も近いと、どの家でも米やウム《芋》を蒸《ふ》かし、肉や野菜の味噌漬けや塩漬けを作りはじめた。

それは最後の食べものと呼ばれた。いざというときにひもじい思いをしないように。そう言われて、ぼくはつまみ食いすることもできなかった。

そして、いつしか第三避難壕も、玉砕の場所とか最後の場所と呼ばれるようになっていった。

「サイパンみたいに、飛びこむとしたら、半崎《はんざき》かねー、田皆かねー」

「国頭の人はフーチャ《潮吹き穴》に飛びこむらしいねー。サイパンの人はえらいねー。わたしたちは飛びこめるかねー」

「沖縄では手榴弾が配られたらしいよー」

「わたしたちは最後の場所があってよかったねー」

夜の畑では、三味線と唄の合間に、おばさんたちが言いあっていた。

とうとう、カミの家でも豚をつぶすことになった。

「最後の場所に豚は連れていけないからねー」

豚を殺すとき、カミのあまは言った。

豚は鳴かなかった。

徳之島の飛行場建設ですっかり体が弱っていたのに、あんまり急にぜいたくなものばかり食べたせいか、あちゃ《おとうさん》は腹をこわした。

ちょうど、シマ《集落》の割り当てで、大山へ防空壕掘りに行かなくてはいけない日だった。カミのじゃーじゃ《おじいさん》が迎えに来て、ぼくをかわりに連れていくことになった。

大山は島で一番高い山だ。てっぺんに海軍と陸軍の見張り所があるというが、ぼくは見たことがない。

頂上へ続く道は山道というより、なだらかな坂道だった。すすきが揺れて、そのむこうに海が見えた。島のまわりには珊瑚礁の帯が巻かれていた。鯨も海亀もやってくる海は凪いで、ただ青い空を映している。戦争中であることを忘れるような、のどかな景色だった。

松の林の中に、見張り所はあった。松の木の梢の高さに、木で組まれた見張り台が設置され、大きな双眼鏡をしきりにのぞきながら、兵隊さんが見張りをしている。

兵舎は茅葺きで、ぼくたちの家とそうかわらない粗末なもので、内心がっかりした。山の斜面には、いくつかの防空壕が掘られていた。越山は砂混じりで固いが、大山は赤土で掘りやすいという。同じシマから来た人たちで掘りかけのひとつを受け持ち、ぼくは鍬を振るった。あちゃのかわりなのだ。こどもだと言われないよう、力を尽くした。

「あべー《あれー》、マチジョーはがんばるねー」

「あちゃより働き者じゃないかねー」

シマのおじさんたちが褒めてくれた。兵隊さんも見回りに来て、ぼくに気づくと言った。

「お、少国民だな。親父さんにかわって来たって?」

ぼくが頷くと、中年の兵隊さんはぼくの頭をなでた。

「感心感心！」

昼飯は、それぞれで持ってきたウム《芋》だった。ぼくは手拭いで腰につけて持ってきたウムを、ハジキヌファー《オオハマボウの葉っぱ》に包んできた塩をつけて食べた。米を食べているものはだれもいなかった。

兵隊さんたちはみんな、竹筒の湯呑に汲んだ水と、ハジキヌファーに包んだものにかぶりついていた。なんだろうと思っていると、さっきの兵隊さんが来て、ぼくにだけひとつくれた。

「芋ばかりじゃ大きくなれないからな」

そう言ってまた頭をなでられた。こども扱いされるのはどうにも心外だったが、ウムのまじった握り飯をもらえたのは嬉しかった。

そのとき、飛行機の音が聞こえた気がした。はっとしたと同時に、見張り台から大声が響いた。

「クラマン、たんたん近つく！」

見上げると、見張り台にいた兵隊さんが双眼鏡をのぞきながら叫んでいた。

「グラマンか」

「太平洋からだな」

おじさんたちはウムを持ったまま、言葉を交わした。そのとき、兵舎の扉がばたんと開いて、軍刀を腰に提げた人が飛びだしてきた。

「小隊長だよー」

じゃーじゃが耳打ちした。小隊長は軍刀をがちゃがちゃ鳴らしながら、防空壕へ飛びこんだ。

「あれでも帝国陸軍少尉だよー」

「小隊長が一番に逃げていて、あれで戦争ができるかねー」

おじさんたちはわらいながら、食べかけのウムを包み直した。

「クラマン、たんたん近つく！」

見張り台の兵隊さんがくりかえす。爆音はいくらか大きくなってきた。おじさんたちも兵隊さんたちもやっと腰を上げて、それぞれ手近な防空壕へ歩いていった。

「クラマン、たんたん近つく！」

「あの兵隊さんは逃げないのー」

ぼくは防空壕に入りながら、イリヌヤー《西の家》のおじさんに訊いた。

「見張りだからねー。危ないところは朝鮮人にさせているんだよー」

「かわいそうにねー」

じゃーじゃがつぶやいた。

見張り所にいた兵隊さんもだれも、弾の一発も撃とうとはしない。

「どうしてグラマンを撃たないのー」

防空壕の中で、ぼくはじゃーじゃに訊いた。

「撃ったらここが日本軍の陣地だとばれてしまうからねー」

「この前の艦砲射撃は、撃っちゃいけないというのに、ここの兵隊さんががまんできずに撃ち返して、グラマンを撃ってしまったから、仕返しに攻撃されたんだよー」

イリヌヤーのおじさんが口をはさむ。

「あのときは大山の海軍が怒って、陸軍と海軍でずいぶんもめたらしいねー」

ぼくは何のためにこの見張り所があるのかわからなくなった。守備隊はぼくたちの島を守っているんじゃなかったのか。

朝鮮人だという兵隊さんだけが、見張り台に立って、同じ文句をくりかえしている。

「クラマン、たんたん近つく！」

グラマンはそれ以上は近づいてこなかったのだろう。見張り台の兵隊さんは同じ文句をくりかえし続け、やがて爆音は聞こえなくなった。


あっちでもこっちでも空襲病がはやりはじめた。

空襲病には二通りある。あたりまえの空襲病と、あたりまえじゃない空襲病。

あたりまえの空襲病は、空襲がこわいあまり、イョー《洞窟》や防空壕に入ったきりになってしまう病気。

ひと月もふた月もイョーに入っていると、顔も手も青くしなび、髪の毛まで抜けはじめる。

あたりまえじゃない空襲病は、もういつ死ぬかわからないからと遊んでまわるようになる病気。

結婚前の若い人たちだけでなく、だんなさんが出征している家の奥さんや、徴兵検査に通らず、召集されないで残っていた人なんかもかかった。

あや《姉さん》がこの空襲病にかかったと気づいたのは、あま《おかあさん》だった。

「この指輪は何ー」

あまがたずねた。空襲のときに降ってくる薬莢を切って指輪にしたものが、あやの指に嵌まっていた。

あやはこたえなかった。あまはあちゃ《おとうさん》にも問いただすように迫ったが、あちゃは何も言わなかった。

「どうせみんな死んでしまうんだからねー」

あやはそれだけ言った。

あまは何も言い返せなかった。

「ユニが死んだのを自分のせいだと思っているんだねー。かわいそうにねー」

カミのあまがそう言って、あまをなぐさめていた。

「しかたがないねー。若いのに、みんな死んでしまうんだからねー」

あやが、これまでのあやらしく生きることをあきらめたのと同じように、あまもカミのあまも、あやがこれまでのあやらしく生きていくことを望むことをあきらめた。

あやはもうぼくたちのをぅない《姉妹》神をやめたんだなとぼくは思った。家にいるときはつきっきりで世話をしていたハナみー《兄さん》のそばにも、近づかなくなった。かわりにぼくが、ハナみーに山羊の乳を飲ませた。

目も見えず耳も聞こえないハナみーは、きっと、これまで通りあやが飲ませていると思っているんだろう。ユニみーも元気で生きていると思っているんだろう。砂糖小屋なんかじゃなくて、家の畳の上にいると思っているんだろう。

「どうせみんな死んでしまうんだからねー」

そんな言葉も聞こえないハナみーが、羨ましく思えるときがあった。

ハナみーはひどくやせて、しゃべることもなくなっていた。それでも、山羊の乳を飲ませると、ごくんごくんと音をたてて飲んだ。

「生きていていいのかねー」

ハナみーは神戸から戻ってきた初めのうちは、よくそう言っていた。ぼくたちはそのたびに、ハナみーを励まそうと耳元で叫んだ。

「生きていていいんだよー。早く元気になってよー」

耳も聞こえなくなって、しゃべることもなくなって、その決まりきった問答も、やがて交わすことができなくなった。

それでも、山羊の乳を飲むと、ハナみーの表情はやわらいだ。

生きていていいのかねー。

生きていていいんだよー。

目も見えず耳も聞こえないハナみーと、そのときだけわかりあえた気がした。

とうとうウムも飲みこめなくなり、ヤラブケー《蘇鉄の実の粥》と山羊の乳だけで命をつなぐようになったハナみーを見ながら、あまはあちゃに言った。

「あの子《芋》も、もう長いことはないねー」

ふたりとも、ユニみーやあやをあきらめたように、ハナみーのこともあきらめはじめていた。

「どうせみんな死んでしまうんだから、あの子だけあとに残しておくよりはいいよねー」

もう、ハナみーに聞こえるわけがないのに、あまは声をひそめて続けた。あちゃは難しい顔をして黙っていた。あちゃが返事をしないのはいつものことだった。

「あちゃは声でしゃべるんじゃなくて、三味線でしゃべってるんだよー」

あまはずいぶん昔にそう言った。

「結婚の申し込みも三味線だったんだよー」

あまがそう言ったとき、あやもハナみーもユニみーもいて、みんなわらっていた。あれはいつのことだったんだろう。あちゃだけがにこりともせずにむっつりと黙っていた。それもぼくたちにはおかしかった。

「どうせみんな死んでしまうんだからねー」

あちゃが返事をしないことはわかっていた。あまは自分に言いきかせるために話しているようだった。

大人たちは最後の場所に行く準備を着々とすすめていた。保存食はいつでも持ちだせるようにヒャーギ《ざる》に入れて吊ってあった。ぼくが浜で拾ってきた乾パンも入れてある。

このごろ、カミのじゃーじゃ《おじいさん》は、よく包丁や鎌を研いでいた。

そして、だれもかれもが夜ごとに畑に集まって唄い踊る。

月のない夜には、何があったとしても、だれにもわからなかった。あやのきれいな唄声が聞こえない夜が多くなった。

でもぼくは、月の出た日には月に祈った。

とーとぅふぁい《お月様》　とーとぅふぁい《お月様》
わぬ《ぼくを》　ふでぃらちたぼーり《大きくしてください》

ぼくの背は、カミとかわらなかった。ヤンバルのほうがぼくより大きかった。ぼくはカミより大きくなりたかった。

カミより大きくなって、ぼくがカミを守りたかった。

夜の畑では唄いもせず、踊りもしないで、闇にまぎれているカミ。

三味線の音にも、立ちかわり入れかわり続く唄声にも背を向けて、ぼくは月に祈りつづけた。

国頭の防空壕に爆弾が落とされて、一度に五人も亡くなったという噂が流れた。

噂の出所は、いつものように越山の兵隊さんらしい。兵隊さんたちが言ったといえば、それは噂ではなくニュースになる。

防空壕のそばには山羊を繋いでいたという。

「山羊は白いからねー、空襲で狙われたんだよー」

その声が聞こえたのは、日暮れからずっと続いていた三味線と唄が途切れたときだった。

その夜も月が出ておらず、だれが言いだしたのかはわからなかった。

「山羊を殺さないといけないよー」

ぼくははっとした。

「空襲で狙われるからねー」

「まだだれか飼ってるかねー」

「マチジョーが飼ってるよー」

「あの子はこわいもの知らずだからねー」

「みんなが巻き添えになるよー」

「最近山羊汁も食べてないねー」

かなり酔いの回ったおじさんの声もした。

「精がつくよー」

「これ以上精がついてどうするのー」

「山羊なんか食べたら、みんな空襲病にかかるねー」

大人たちの笑い声にまぎれ、ぼくはそっと砂糖小屋に戻った。

「マチジョー？」

手探りで、山羊を繋いでいた綱を解いていると、暗闇から声がした。

「山羊を逃がすんでしょ」

カミの声だった。

「わたしも行くよ」

ぼくはなんと返事をしていいかわからなかった。カミは墓道もひとりで歩けない、木にものぼれないいくらい臆病なのに。

「早く」

カミが急かした。三味線も唄も始まらない。今にも大人たちがこっちへ来るかもしれない。

焦ると、結び目がなかなかほどけない。昼間に固く結んだ自分を呪った。

「早く」

もう一度カミが急かした。まだ三味線も唄も始まらない。お願いだから、早く始めてくれ。

ぼくは心の中で祈りながら手を動かした。

やっと結び目がほどけた。

「よし、行こう」

眠っていた山羊を引き起こすと、不満そうにめぇぇと鳴いて、ひやりとした。

そのとたん、三味線が始まった。

よかった、聞こえなかった。そうほっとしたのも束の間、どきりとした。イチカ節だ。

さらば　たちわかり《そろそろお別れしましょう》
なちゃぬびる　うもーり《明日の夜またおいでください》

この唄は唄遊びのしめくくりに唄うと決まっていた。どんなに盛りあがっていても、この唄を唄い終わると、みんな潮が引くように帰っていく。

唄遊びが終わったら、きっと大人たちは山羊を探しにやってくる。ぼくは山羊をひっぱって、シマ《集落》へ降りる道を下った。

「なんでそっちへ行くの」

カミがぼくについてきながら聞いた。

「みんなが一番行かないところに隠さないと」

みんなが一番行かないところ。これまではトゥール《風葬》墓かイョー《洞窟》だった。でも、空襲が始まってからは、みんなの行くところと行かないところが逆になってしまった。トゥール墓にもイョーにも人が住みついた。製糖期にしか寄りつかないはずの砂糖小屋にみんなが疎開した。

反対に、毎日ぼくたちが通っていた学校は一番あぶないところになって、だれも近寄らなくなった。

毎日暮らしていた家も、シマも。

「家に隠す」

ぼくは答えた。

「みんな空襲をこわがって、シマには戻らないから」

　　なちゃぬびる　うもーり《またおいでください》
　　まくとぅかたら《ありのままを語りましょう》

唄も三味線も、夜が更けるほどに冴えてくる。北からの風が吹いても音がよくなると言われる。今晩は北風ではないが、夜は更けて、三味線も唄も冴えわたって響く。こんなときなのに、聞き惚れてしまう。

最後の音が風に飛ばされて消えると、うしろから大人たちの声が聞こえてきた。

「おかしいねー」

「いないねー」

唄遊びを終えて、やっぱり山羊を探しに来たのだ。

「早く」

カミが山羊をうしろから急かしてくれた。顔は見えなくても、カミの匂いがついてくる。

山羊を殺して食べるということは、ハナみー《兄さん》のことをあきらめるということだった。

生きていいのかねー。

生きていいんだよー。

ずっと前にハナみーと交わした会話がよみがえる。山羊の乳を飲んでもらうときだけ、ハナみーに伝えることができること。

生きていいんだよー。

ぼくはあきらめない。

カミの匂いがぼくのうしろをずっとついてくる。カミもハナみーのことをあきらめないでいてくれたことが、無性に嬉しかった。

「マチジョーはどこにいるのー」

「寝ているのかねー」

大人たちの声が、まだ聞こえてくる。思ったよりも近い。通い慣れた道も、暗いとちっとも歩みがはかどらない。気ばかり焦った。

そのとき、飛行機の音がした。

特攻機かと見上げたとたん、爆発音が響いて、目の前が昼間のように明るくなった。

大人たちの悲鳴が上がった。

「照明弾だ」

海の上に、大きくてまんまるな火の玉が、ぽおっと輝きながら浮かんでいた。

ふりかえると、みんなが走りまわって逃げ惑っている姿がはっきり見えた。光を浴びて、だれもが白い影になっていた。

「きゃあ」

地面が揺れて、カミが悲鳴を上げてしゃがみこんだ。どこかに爆弾が落とされたのだろう。山羊もびっくりして暴れた。

いつの間にか、空には飛行機が飛んでいた。

「アメリカ人は、夜は目が見えないはずじゃなかったのー」

カミが頭を抱えたまま、ぼくが言おうとしていたことを言った。

ばりばりと空気をひきさく音が響く。機銃の弾がきれいに並んで赤くなって、撃ちこまれていくのが見えた。

想像通りだった。

夜の機銃掃射は花火のようにきれいだった。

ぼくは逃げだそうとする山羊をひっぱり、カミの腕をつかんで立たせた。

「逃げるよ」

カミは頷いた。その目に照明弾の光が灯って、輝いている。

ぼくたちは島中に生い茂る蘇鉄の葉に隠れ、山羊を追って走りだした。

カミはどこへとは訊かなかった。

最後の場所は第三避難壕。ぼくたちはそこへは行かない。

最後の場所へは行かない。

みんなが最後の場所に向かえば、いつもの避難場所のトゥール墓やイョーには、きっとだれもいなくなる。

大人たちの声は、迫ってくる飛行機の爆音や、撃ちこまれた弾の炸裂音にかきけされて、もう聞こえない。

ぼくたちは死にたくない。

死なない。

どんなに地響きがしても、ぼくたちはもう、足をとめなかった。山羊を追って、走りつづけた。

イョーは近かった。

ぼくたちは死なない。

そのとき、しゅうっと炎を噴きながら、ロケット弾が飛んできた。

第三部

米軍の双発機が一機、超低空で飛んできた。

なぜか爆弾を落とさない。かわりに、ばらばらと何かを撒いた。

真っ青な空に放たれたたくさんのものが、太陽の光をあびて、きらきら光りながら、降ってきた。

機銃の弾でも爆弾でもなかった。

ぼくは、いったんは隠れた牛小屋から出ると、手で陰を作って空を仰ぎ見た。

数えきれないほどたくさんの光が、ひらめきながら、ゆっくりと、ぼくたちの上に降ってくる。

「あれ何ー」

「爆弾でしょー」

カミは見ようともせず、山羊を抱いて、牛小屋の奥にうずくまっている。

この前の夜間空襲以来、カミはますます臆病になった。あのとき、ロケット弾はそれて落ち、太い蘇鉄を何本も吹き飛ばして地面に大きな穴を開けただけだったし、シマ《集落》のだれも犠牲にはならなかったのに。

「マチジョー、戻ってー」

牛小屋の中からぼくを呼ぶ。

双発機は光を撒き散らしながら、蘇鉄山を越え、隣りのシマへ飛んでいった。

光はゆっくりと降ってくる。

ぼくは庭の真ん中に立って、空に向かって手をのばした。

でも、つかまえられなかった。光はぼくの手をそれ、地面に落ちて、一枚の紙になった。

「カミ、ただの紙だよー」

ぼくは紙を拾いあげると、カミに振って見せた。

「爆弾だったらどうするのよー」

飛行機の音が聞こえなくなった。カミがやっと、山羊と一緒に牛小屋から出てきて、ぼくをにらんだ。

「爆弾だったら重たいから、まっすぐ落ちてくるよー」

紙には赤い字で「時は迫れり!!」と書いてあり、時計の絵が描いてあった。時計の数字がひとつひとつ、島の絵になっていて、途中で棒が折れた日の丸の旗が立っている。一時がガ島、八時がサイパン島、十一時が沖縄、十二時が日本。そして、時計の針は、十一時五十五分を指していた。

「三時がボーゲンビルだ」

カミがつぶやいた。カミのあちゃ《おとうさん》が戦死した島だ。赤道よりむこうにあるということしか、ぼくたちは知らない。

「十時がフィリピン」

カミの家のイチみー《兄さん》が特攻戦死した島だった。

「これ、玉砕した島が描いてあるんじゃないのー」

「じゃあ、沖縄も?」

ぼくが訊くと、カミは頷いた。

「もう玉砕したってことだよー」

ぼくたちは、毎日毎日、朝から晩まで続いた沖縄の艦砲射撃の音と地響きを思いだした。今は嘘のように静まりかえっている。

「えらぶ《沖永良部島》がないねー」

「徳之島も大島《奄美大島》もないねー。この五分の間かねー。与論のほうが沖縄に近いから、与論が五十六分で、えらぶが五十七分とか」

学校には時計があったので、ぼくたちは時計の読み方を知っていた。

裏には、びっしりときれいな字が並んでいた。先生が黒板に書く字にそっくりだった。皆様!! という呼びかけで始まる文章。真ん中に書かれた無条件降伏という言葉が、ぱっと目に入った。

「あべー《大変だ》、いよいよだねー」

カミはぼくの横からのぞきこんで、細かい文字を辿って読む。ぼくも一緒に読もうとしたけど、カミの、甘いような香ばしいような、金色に実った稲穂のような匂いがして、集中できない。

今日も朝から暑くて、お互いに草刈りだの水汲みだのに追われていたはずなのに、どうしてカミはいつも、こんなにいい匂いがするんだろう。

ぼくは自分の匂いがはずかしくなって、紙を譲り、カミから離れた。山羊がぼくのあとをついてくる。あの夜間空襲以来、山羊は砂糖小屋から離して飼うことで、かろうじて許してもらえた。夜は雨に濡れないよう、ガジュマルの木の下につないでやった。ハナみーは何も知らず、毎日、ぼくがしぼった山羊の乳を、音をたてて飲み干してくれる。

七月になっても空襲はあいかわらずで、手々知名《てでちな》では爆弾が落とされ、何人もが犠牲になったということだった。いつもなら夏休みを楽しみにするころなのに、毎日が夏休みのような状況になると、学校に通っていたときが懐かしくてたまらない。

見回すと、畑の砂糖小屋に避難してだれもいないシマに、紙が散らばっていた。飛行機は、隣りのシマでも紙を撒いたにちがいない。

紙は貴重品だった。どの家でも、用を足すときはハジキヌファー《オオハマボウの葉っぱ》を使っていた。焚きつけにもなるので、ぼくはガジュマルの葉っぱと一緒に紙を拾い集め、カミのヒャーギ《ざる》に入れた。

砂糖小屋に戻って、紙を見せると、あま《おかあさん》は越山にウム《芋》や野菜を供出しにいくときに持っていき、守備隊の兵隊さんに聞いてきた。

「あれはビラっていうものだってー。自分たちが負けそうだから、あんなことを書いて、降伏をすすめているんだってー。だまそうとして撒いてるんだから信じちゃいけないってー」

あまが、おそらくは兵隊さんから聞いた通りに、ぼくとあちゃ《おとうさん》に言った。

「思想戦なんだってー。日本の戦争をする気持をなくすために撒いてるんだってー」

「でも、本当に負けてるよねー」

思わずぼくは言った。

「玉砕した島ばっかりだよねー」

「アメリカ軍は袋のねずみらしいよー。日本軍は負けた振りをして、アメリカ軍を日本におびきよせて、一斉にやっつけるんだってー」

言いながら、あまは肩をすくめてみせた。

あや《姉さん》は今晩も第三避難壕を掘りにいっているし、あまは供出の帰りに越山のふもとで機銃掃射を受けたという。

ぼくには何が本当かよくわからなかった。ただ、だれもいないシマに戻って、ビラを拾い集め、あまに焚きつけに使ってもらった。ビラは、蘇鉄の枯れ葉より、さとうきびの皮よりもずっとよく燃えた。


春植えの稲が実り、シマ《集落》総出で稲刈りをした。

田植えのときは空襲が激しくて、草を背負って偽装したり、逃亡兵に手伝ってもらったりしたぐらいだったのに、そのころにくらべると機銃掃射による空襲がへったような気がする。久しぶりに、朝からあまも《おかあさん》あちゃ《おとうさん》も田に出た。それでも空襲がこわいので、短時間ですませ、何日かかけて刈り取った。稲刈りのあとは、夏植えの苗を植える。

ところが、空襲を怖れ、また、どうせみんな死んでしまうんだからと、稲刈りはしても、田植えをしない家もあった。放置された田には、いつまでも、刈り取られた稲株が並んでいた。やがて、黄色く枯れた稲株から、また鮮やかな緑色の細い葉が生えてきた。

夏の田植えもすっかりすんだ夕暮れどきに、トラグヮーがうちの砂糖小屋にやってきた。

「マチジョー」

空襲がひどくなってからは、トラグヮーもヤンバルも、日中砂糖小屋から出してもらえなくなっていた。久しぶりにぼくを呼ぶトラグヮーの声が嬉しくて、砂糖小屋を飛びだした。

「兵隊さんたちが、メーヌ《前の》浜から特攻にいくんだってー」

トラグヮーの話はよくわからなかった。特攻といえば飛行機に決まっている。でも、この島にはもともと飛行機の一機もあるはずがなかったし、飛行機が飛びたてるような飛行場もなかった。西島伍長の九七式戦も、もうとっくにばらばらになっている。

「サバニ《くり舟》で特攻にいくんだってー。沖縄へ」

サバニは漁師が使うくり舟で、とても特攻に使えるようなものではない。半信半疑ながら、ぼくはトラグヮーと一緒に海まで走った。

メーヌ浜では、アダンの茂みの中から、兵隊さんたちが二艘のサバニを引きだしていた。

メーヌ浜のおじさんやおばさんたちが集まって、遠巻きに兵隊さんを見ていた。学校で同じ組のメーヌ浜の子たちもいて、あとから来たぼくとトラグヮーに得々と語った。

「兵隊さんたち、何日もずっとここで、櫂でこぐ練習をしてたんだよー」

「もういっぺん、沖縄へ壮烈果敢な斬り込み特攻をするんだってー」

「沖縄からの逃亡兵なんだってー」

「兵隊さんたち、ずっとうちに泊まってたんだよー」

そう言われて、兵隊さんたちの顔をひとりひとり見たが、田植えを手伝ってくれた兵隊さんはいないようだった。九人の兵隊さんはみんなかっちりとした軍服を着ていて、ゲートルを巻いていた。

「隊長さんは少尉さんだよー」

「軍刀を持ってるねー」

「あ、鉄砲を積んでるよー」

九人は二艘に分乗していくらしく、荷物をどんどん積みこんでいく。ユニみー《兄さん》と同じくらいの若い兵隊さんもいた。

そこへ別の兵隊さんがやってきた。この人も特攻隊員かと見ていると、九人の兵隊さんたちがあとから来た兵隊さんの前にさあっと一列に並んだ。隊長さんが叫んだ。

「これより藤堂《とうどう》少尉以下九名、沖縄奪還刳舟挺身隊先遣隊として出撃いたします！　われわれ先遣隊は目的を完遂するために死力を尽くします！」

それまで、まさかそんなはずはないと思いつづけていたが、その言葉を聞いて、みんなが言っていることが事実だと知った。

もののしく挙手の礼をすませた兵隊さんたちは、それぞれのサバニに乗って、海へ漕ぎだした。

「兵隊さあん」

「ちばりよー《がんばれ》」

メーヌ浜の子たちは砂浜を駆けだし、サバニに向かって手を振った。

「おまえたちー」

若い兵隊さんがサバニから、あとを追って走るメーヌ浜の子たちに向かって叫んだ。

「死ぬなよー」

ぼくは耳を疑ったが、たしかに兵隊さんはそう言った。

「戦争が終わるまで、死ぬなよー」

「ちばりよー」

メーヌ浜の子たちの声と波の音に、兵隊さんの声はかきけされそうだった。

「大きくなれよー」

でも、ぼくの耳にははっきりと届いた。ぼくとトラグヮーは目を見合わせた。きっと、叫びつづけていたメーヌ浜の子たちには聞こえていない。

二艘のサバニは、桃色に染まった空の下、珊瑚礁を越えていった。まるで落ち葉のように太平洋の波に揺られて、今にも沈みそうだった。

ぼくには、その光景が、この世界にあるべきものには思えなかった。

艦砲射撃をする軍艦に上陸用舟艇に潜水艦。戦闘機に爆撃機に重爆撃機。機銃弾に二百五十キロ爆弾に五百キロ爆弾にロケット弾に時限爆弾。そんなアメリカ軍の装備を前にして、二艘のサバニに乗った九人の兵隊に何ができるというのか。あちゃよりも老けて見えた隊長さんは、腰に提げた軍刀で何をするというのか。そもそも、沖縄まで辿りつけるのか。

大きくなれよー。

兵隊さんの叫びは、これから死んでいく人の叫びだった。死にたくないのに死んでいく人の。

せっかく沖縄から逃げてきたのに、あんなにまだ若いのに、彼らは用意された死に場所に向かって、海へ漕ぎだしていったのだ。

日が暮れてしまう前に、サバニは二艘とも、波に消えて見えなくなった。

いつも夏休みに入ると、すぐに稲刈り、田植えの農作業に追われ、一段落ついたところで七夕となる。七夕の日はたいてい晴れるので、虫干しをすると決まっていた。

大昔、世の主とともに戦った後蘭孫八《ごらんまごはち》の着物や刀が、この日にだけ出され、後蘭で虫干しされる。旧暦の七夕は八月の半ばになることが多く、いつも夏休みのまっただ中なのに、必ず登校した。学校で短冊を書いてから、みんなで後蘭まで見せてもらいに歩いていった。

広縁に並べられた羽織や袴は、びっくりするほどの大きさで、毎年見ているくせに、見るたびに驚く。そのころ、先生が「アメリカ人はこれくらい大きいらしい」と話していたのを思いだす。ぼくはグラマンに乗っていたアメリカ兵しか見たことがない。あのときはよくわからなかったが、本当にアメリカ人はそんなに大きいんだろうか。

空襲で学校がなくなって、今年は七夕といってもすることがない。

学校では短冊に願い事を書いたが、あれはヤマトゥ《本土》のしきたりだと、シマ《集落》ではだれもしない。前は「先生にぶたれませんように」とか「相撲で一番になりますように」とかすきなことを書いていたけど、去年の七夕はみんな、「米英撃滅」とか「大東亜戦争に勝ちますように」と書くようになっていた。

「あちゃ《おとうさん》が帰ってきますように」と書いたカミは、先生に「方言でなく普通語で書きなさい」と注意され、「お父さんが帰ってきますように」と書き直させられた。そのあと、今度は教練の盛《もり》先生にみつかって、「お父さんがお国のために立派に戦えますように」と、もう一度、書き直しをさせられた。

でも、そのときにはもう、カミのあちゃはブーゲンビル島で亡くなっていた。七夕もショーロ《お盆》も十五夜もすんでから、五月に戦死していたことを伝える戦死公報が届いた。

今年の七夕も朝からよく晴れて、空襲日和だった。

お昼前に飛行機が飛んできたが、うちのシマや隣りのシマには空襲はなかった。どこかにビラが撒かれただけだったという噂だった。

後蘭では、今年も後蘭孫八の着物を干したんだろうか。

翌日もよく晴れていた。

それでもやっぱり空襲がないと思っていると、昼下がりに飛行機の音がした。

ガジュマルの木にのぼって見ると、戦闘機が低空で、その上を双発機、またその上を重爆撃機が、編隊を組んで飛んでくる。いよいよ大空襲だとぼくは飛びおりて、砂糖小屋に駆けこんだ。

寝たきりのハナみー《兄さん》を運ぼうと、あちゃ《おとうさん》とハナみーを戸板にのせていると、飛行機は弾の一発も撃たないで、島の上を通り越していった。

その夜、第三避難壕を掘りに越山へ行ったあや《姉さん》が、壕掘りが中止になったと戻ってきた。

「今までの空襲で、アメリカは弾を撃ちつくして、もう弾も爆弾もなくなったんだってー。だからああして、脅しに飛んでいるんだってー」

あやは越山で聞いてきた話をしてくれた。

それから、毎日のように、アメリカの飛行機が何十機もの編隊を組み、低空でヤマトゥ《本土》へ飛んでいったが、本当に一発の弾も撃たず、ロケット弾も発射せず、爆弾も落とさない。

草でいっぱいにしたオーダを担《もっこ》いでの帰り道、またアメリカの飛行機が編隊を組んで飛んできた。星のマークがはっきり見える。

背よりもはるかに高くなったさとうきびが、飛行機の風に揺さぶられ、なぎ倒されそうなほどだ。

ものすごい爆音の下で、ぼくは、低空で飛ぶ飛行機に向かって、思い切り石を投げた。

「ざまーみろ！」

もう二度と帰ってこないカミのあちゃとイチみー。体に大きな穴をあけられ、清められることなく、葬られたユニみー。

これまでだったら、きっと、トラグヮーもヤンバルも、一緒に石を投げてくれた。空襲のせいで、いなくなった友達。

「ざまーみろ！」

ぼくは、みんなのかわりに石を投げた。

手が届きそうにも思うのに、石はひとつも当たらない。

たとえ当たったとしても、こんな小さな石では、飛行機に傷もつけられないだろう。

それでもぼくは、石を拾っては投げた。

飛行機が見えなくなるまで、何度も何度も。

今年のショーロ《お盆》は、うちではユニみー《兄さん》が亡くなり、カミの家ではイチみーが亡くなったから、特別にするはずだった。カミのあちゃ《おとうさん》も、本当はその前に戦死していたが、去年のショーロのときにはわからなかったので、今年のショーロで弔わないといけない。けれども非常時だということで、墓参りだけですませることになった。

今年亡くなった人は多かった。シマ《集落》でも半分近くの家で、だれかしらの戦死者を出していた。

それでも、草刈りから戻ると、あま《おかあさん》とあや《姉さん》がトージニムチ《高粱餅》を作ってくれていた。ぼくも芭蕉の葉で包む手伝いをした。墓正月のタニムムチ《田芋餅》もおいしいけど、ショーロのトージニムチのもちもちしたおいしさにはかなわない。ショーロの昼ごはんはいつも、トージニムチと決まっていた。

蒸し上がったばかりのトージニムチを、腹がはじけるほど食べてから、ひとりで墓に向かった。

途中でバンシロ《グアバ》の匂いに気づき、見上げると、木にバンシロの白い実が生っていた。匂いをかいで初めて、去年バンシロを食べてから、もう一年がたったことを知った。ぼくは木にのぼり、葉っぱを裏返しては、熟した実をみつけてもいだ。

一番高い枝にも手をのばした。てっぺんに生っていたバンシロがもげたとき、ユニみーとイチみーと同じくらい高くのぼれた気がした。

腰の縄をきつくしばって、シャツの襟からいくつも入れた。胴回りをバンシロでいっぱいにして、墓へ行った。

まずユニみーの墓参りをして、バンシロをひとつ供えてから、カミの家の墓へ行く。

イチみーはフィリピンで特攻戦死し、髪の毛の一筋も戻ってこなかったので、埋葬してから三年待って改葬する必要もなく、すでに墓石が立てられていた。

今年亡くなった人は、そういう人が多かった。ユニみーは埋葬されたので、雨に濡れないよう、屋形《やぎょう》という家の形の覆いがあったが、それがなくて、もう墓石を立てられている真新しい墓が目についた。

その中でも、イチみーの墓石はつるつるして、一際大きくて、立派だった。海から運んできた珊瑚石の墓石もめずらしくないのに、高価な沖縄の石でできているという。名前だけでなく、海軍少尉という階級まで彫られ、ブーゲンビル島で戦死し、同じく遺骨がなかった父親の墓より、一回り以上も大きなものだった。

「町葬までしてもらったからねー」

カミのじゃーじゃ《おじいさん》は気まずそうに言った。

「マチジョー、いい匂いがするねー」

カミがぼくに耳打ちして、わらった。

ぼくはシャツの中に手を入れて、カミとナークにバンシロを二つずつ渡した。ナークは二つは持てず、たったひとつを両手で持って、声をあげてわらった。

「あいやー、みへでぃろー《ありがとう》」

カミのあまもわらって受けとる。最後に、カミのあちゃとイチみーの墓石の前に、バンシロをそっと供えた。


ショーロ《おぼん》から何日かたって、小米港に三人の逃亡兵がやってきた。

逃亡兵などめずらしくもないのに、騒ぎになったのは、三人とも、えらぶ《沖永良部島》から出征した若者ばかりだったからだ。ふたりは加計呂麻島《かけろま》から、ひとりは佐世保《させぼ》から逃げてきたという。

翌日になると、三人は復員兵で、戦争が終わったから、えらぶに戻ってきたのだという噂にかわっていた。

そういえば、八月の半ばから、飛行機は島の上を飛ぶばかりで、まともな空襲がない。

「戦争が終わったらしいよー」

「勝ったのかねー、負けたのかねー」

久しぶりに朝から畑に出て、あま《おかあさん》とカミのあまが話しあっていた。

その日、あまたちは供出に行くのにも、墓道ではなく、久しぶりに広い道を、ウム《芋》や野菜を盛った大きなヒャーギ《ざる》を三つも頭の上に重ね、にぎやかにぺちゃくちゃしゃべりながら通っていった。

ところが、空っぽになったヒャーギを抱え、あまたちは墓道を通って、足早に戻ってきた。

「戦争は終わってないんだってー」

越山の兵隊さんが言ったという。

「わたしたちを油断させようとするデマだから、信じてはいけないってー。神風も吹かず、一億総特攻もなくて、戦争が終わるわけがないってー」

それから数日の間も、いろいろな噂が流れた。

越山で守備隊が書類を盛んに焼いているという。戦争に負けて、アメリカ軍が上陸してくる前に、重要書類を焼却して機密を守るためだという。

田皆では、守備隊が手榴弾を岬から何百個も投げこんで、魚が浮かび、近くのシマ《集落》の人たちは大喜びだという。これも敗戦で、武装解除が求められているためだという。

新型爆弾が広島と長崎に落とされ、一発で街は壊滅したという。ソ連が参戦し、満洲国は崩壊、中国からも朝鮮からも日本人が逃げだしてきているという。無条件降伏を受け入れ、日本は戦争に負けたという。ヤマトゥ《本土》はどこも空襲で焼け野原となって、食べるものもなく、一度は出ていった人たちが、続々とえらぶに戻ってきているという。

どれも噂でなく、本当のことだったとわかったのは、各地に配備された防衛隊員が集められ越山で守備隊の発表があったからだった。

戦争はすでに、十三日も前に終わっていた。


戦争がひどくなることは考えたけれど、まさか終わることがあるとは、だれも思ってもみなかった。

大山から戻ってきたカミのじゃーじゃ《おじいさん》が、見張り所で聞いてきたことを伝えに来てくれた。

無条件降伏。ポツダム宣言受諾。

じゃーじゃの口からは、これまでにない言葉が出てきた。

「小隊長さんが一番喜んでたよー」

砂糖小屋にハナみー《兄さん》を残し、青空の下でじゃーじゃの話を聞きながら、ぼくはどう受けとめればいいのかわからず、戸惑っていた。あちゃ《おとうさん》は腕組みをして、黙りこんだ。

「あべー《あれー》、兵隊さんたちにだまされたねー」

あま《おかあさん》が言った。

「アメリカ軍のほうが本当のことを言ってたんだねー」

ぼくは、赤い字で書かれたビラを思いだした。

ビラにはたしかに、無条件降伏と書いてあった。ろくに読まなかったが、裏にびっしりと書かれていたことは、きっと本当のことだったに違いない。

ぼくたちをだまそうとしたのは、日本の兵隊さんたちのほうだった。

「みんな生きてるねー」

あや《姉さん》がぼくたちを見回して言った。

「イチもユニも戦死したのに、みんな死ななかったじゃない。一億玉砕、一億総特攻じゃなかったのー」

あやは泣きだした。

「なんでユニたちだけが死ななきゃいけなかったのー」

あやは赤土の上に膝をついた。

「みんな死ぬはずじゃなかったのー」

昨日降った雨で、赤土はぬかるんでいた。あまがあやを起こそうとしたが、あやはあまの手を振りはらい、泣きつづけた。しまいには、あまもあやにかぶさって泣きだした。

「うちのものもみんなずっと泣いているよー」

じゃーじゃが言った。

「みんな死ぬと思っていたからねー、うちのあちゃが死んだときも、イチが死んだときも、しかたがないねーと思っていた。でも、みんな死なないで戦争が終わってしまうなんてねー。なんであの子たちだけなのかねー。悲しくて悲しくてしかたがないよー」

じゃーじゃの目も赤かった。

「嘘でもよかったのにねー。神さまとして祀られるっていうなら、納得できたのにねー」

星のマークのついた飛行機が、ゆっくりと、あやの頭の上を飛んでいった。

でも、あやもあまも、もう見上げることさえしなかった。

「だますなら、最後までだましてほしかった」

飛行機の下でうつむいたまま、あやが言った。

みんな、避難していた砂糖小屋からシマ《集落》へ戻った。

荷物を運び、抜いていた屋根の茅を葺き直すのに大童《おおわらわ》だ。それでいて、普段通りの草刈りも水汲みもしなくてはいけない。

広い道を通っておばさんたちが頭に桶やヒャーギ《ざる》をのせ、意気揚々と歩く。すれちがうたびに、腰だけかがめてあいさつして、忙しいはずなのに話に花が咲く。

「戦争が終わったから、だんなさんが帰ってくるねー」

「あんたのところもねー」

「こんな小さな島で、大きい国に向かって戦争してもねー」

もう泣く人はいなかった。

九月になると、久しぶりに学校があった。

焼けないよう、屋根の茅をみんな抜いた校舎は、なんとか空襲に耐えて立っていた。唯一の遊具だった校庭の鉄棒はなくなっていた。ユニみー《兄さん》の持っていた竹槍は、ユニみーが死んだあと、どうなったんだろう。

校庭に並ぶと、校長先生はこれまで通りに教育勅語を奉読し、ぼくたちはうつむいて聞いた。

そのとき、白い運動靴が目についた。はだしの足の中で、運動靴は目立つ。靴を履いた知らないこどもが何人か、列の中にまじっていた。

授業どころではなく、まずは空襲で穴だらけになった校庭の穴を埋めないといけない。メーヌ浜《まえのはま》へ砂を取りにいくことになった。

学校のみんなと会えたのが、ただただ嬉しい。浜に出たとたん、駆けだすと、太陽に焼けた砂の熱さに飛びあがった。わあわあ悲鳴をあげながら、波打ち際まで走る。ゆっくり歩いてくるのは、靴を履いた子たちだけだった。女の子も男の子もいた。

「あいつら、ヤマトゥ《本土》から引き揚げてきたんだって」

ヤンバルが言った。

ぼくたちは砂浜で競いあって風呂敷に砂を詰め、背負って戻った。だれの砂の山が一番大きいかくらべると、ぼくが一番だった。トラグヮーの山はみんなの半分もなかった。

「あべー《あれー》、風呂敷に穴があいていたよー」

「トラグヮーは道をきれいにしたねー」

ぼくたちはどんなことでもわらった。これまで一緒にわらってなかった分を取り戻すように。

靴を履いた子たちは、一言もしゃべらず、ぼくたちがわらうのを遠くから見ていた。見よう見まねでランドセルをひっくりかえし、穴だらけの校庭に砂をまく。その顔は驚くほどに白かった。

復員が始まり、出征していった人たちが戻ってきた。

ヤマトゥ《本土》の空襲はひどかったらしく、ずっと前に島を出ていった人たちも、焼けだされ、着の身着のままで戻ってきた。といっても、島には家も田畑もない。親類縁者を頼って、島なら食べていけると思い、何も持たずに一家で引き揚げてきたのだ。ヤマトゥでは配給が遅れ、食糧難で餓死する人もいるという。

うちのシマ《集落》にもたくさんの人たちが戻ってきた。トラグヮーの家には、トラグヮーのいとこ一家が神戸からやってきて、砂糖小屋に住みついた。

まもなく、食糧難が始まった。

戦地から戻ってきた人、ヤマトゥから引き揚げてきた人の分までは、米もウム《芋》も植えていない。

しかも、どの家でも、みんな死んでしまうと思いこみ、アメリカ軍に食べられてしまうくらいならと、豚も牛もつぶして食べてしまっていた。種付け用の家畜を残していた家はまだよかった。家畜を失った家は、今日の農作業にも困る。空襲を怖れて夏植えの田を放置した家は、慌てて水を張って田植えをしたが、他の田の稲に追いつくのは難しそうだった。そんな家は少なくなかった。米もウムも、今度の収穫はこれまでになく少なくなりそうだった。

うちのトーグラ《台所》の甕も、だんだん空になっていき、補われることがない。いつもなら、どの甕も、豚の塩漬けや味噌漬けでいっぱいになっているはずなのに。

物価がおもしろいように上がっていく。米も塩もサタ《黒砂糖》も、毎日のように値段が倍々とはねあがる。うちでは塩が買えなくなり、海水を汲んできて料理に使うようになった。

ぼくたちは草刈りのあと、蘇鉄山へ通っては、ヤラブ《蘇鉄の実》を取った。

雌蘇鉄の葉の真ん中には、薄茶色のふさふさした覆いに守られて、ヤラブが生っている。覆いはとげだらけだが、実が熟すと、もう取っていいよと教えるように、開く。うやほー《先祖》が教えてくれているんだと思う。中には、真っ赤なヤラブが、百以上も実って輝いている。

それでも、ちくちくととげにさされながら、ぼくたちは日が暮れるまでヤラブを取った。十五夜までに取らないと、人に取られてもしかたがないと言われている。

押切で赤い殻を割ると、真っ白な果肉がいっぱいにつまっている。押切でぱっかんぱっかん割るのが楽しい。干して中の果肉をすっぽんとくりぬくのもおもしろい。

蘇鉄は大事な保存食だが毒があるので、そのままでは食べられない。水にさらして、臼でついて粉にし、味噌にしたり、粥にしたりする。殻は乾かして焚きつけにする。

ぼくはヤラブケー《蘇鉄の実の粥》はきらいで、あまやあや《姉さん》はいつもぼくにウムを炊いてくれるが、さすがにその余裕もなくなった。ヤラブケーが続き、夏植えの稲が実るまで、ウムが何よりのごちそうになる。

兵隊を出していた家の人は、毎日港へ迎えに行った。戻ってくるのは、ヤマトゥに行っていた人たちが多かった。沖縄へ召集されていった人たちは戻ってこなかった。

満洲からもまだだれも引き揚げてこない。満蒙《まんもう》開拓青少年義勇軍で行ったヤンバルのみー《兄さん》も、一家で大陸に渡ったシビリヤー《小さな家》も。

そこへ追い打ちをかけるように、台風がやってきた。

これまでにないくらいに大きな台風で、みんな神風と呼んだ。あんなに待ちこがれていた神風が、今になって吹いてきたのだ。

「あべー《なんだ》、今ごろになって吹いても遅いねー」

あまが言った。

一番高い山でも、大山の標高二百四十メートルしかない。平らな島は洗い流され、家々はなぎ倒された。ぼくのシマでは亡くなった人はいなかったが、崩れた崖や家に押しつぶされ、あるいは流されて、別のシマでは何人も亡くなったという。

空襲に耐え、かろうじて立っていた校舎も、倒壊した。

また学校はなくなった。

台風の高波で、磯にはたくさんの魚が打ち上げられていた。ナークよりも大きな魚が、海に戻れずに潮溜まりに泳いでいた。ティル《かご》に入りきらないほどの大漁だ。トラグヮーとぼくとで魚を担いで帰り、みんなで分けて食べた。


十五夜はいつも、シマ《集落》のトー《広場》にみんなが集まり、夜が更けるまで唄って踊って遊ぶ。

重箱ひとつとカラカラ《酒器》を持ってくる一重一瓶はかわらないが、中に詰められたごちそうがかわった。戦争中は豚の味噌漬けや卵焼きだったのに、ふだん草やウム《芋》のつるばかりになった。

カラカラの中も、酒ではなく、桑茶が入れられている。

見慣れない人たちが目についた。みんなきれいな服を着て、靴を履いているから夜目にも目立つ。踊りが始まると、そんな人たちでもシマで育ったらしく、大人たちは踊りの輪の中に入れるが、ヤマトゥ《本土》で生まれ育ったこどもたちは、親や祖父母の踊りに戸惑って、立ちつくしていた。

シュンサミ　シュンサミ
シュンサミ　シュンサミ

シュンサミ節だ。みんなが声をそろえて囃す。

カミがひとりの女の子のそばに寄っていって、手を取った。うつむいていた女の子の顔は、わらった顔になって、月の光に白く浮かびあがった。

カミが踊り、女の子に教える。カミの手が空をひらめき、唄の意味を伝える。黒い髪が揺れて、唄いながらわらう口もとを、隠したり見せたりする。

カミが踊るのを見るのは、西島伍長が不時着したあの夜以来だ。

「きれいな子だねー」

トラグヮーがうっとりして言った。トラグヮーはヤマトゥから来た女の子を見ていた。見よう見まねで、たどたどしく踊る手は、目が覚めるほどに白い。

でもぼくは、カミのつやつやした黒い肌のほうが、ずっときれいだと思った。

やがてもうひとり、背の高い男の子が、女の子のうしろで、カミの真似をして踊りだした。

「あれ、ぼくのいとこだよー」

トラグヮーが言った。

「神戸から来たんだって。いとこと言われても、会うの初めてだし、ヤマトゥ言葉でしゃべるから、ちんぷんかんぷんだよー」

トラグヮーのいとこも白い顔をしていた。カミはいとこを見上げてわらいながら、踊って見せる。いとこもわらいながら、カミをみつめて踊る。

ぼくは月を見上げた。

月は真ん丸で大きくて、今晩は、ちっちゅがなしぬはじきりちゅー《月の中の足の切れた人》もよく見える。

とーとぅふぁい《お月様》　とーとぅふぁい《お月様》
わぬ《ぼくを》　ふでぃらちたぼーり《大きくしてください》

いつも願い事はたったひとつなのに。

とーとぅふぁいは、なかなかぼくの願いを叶えてくれない。

それから一週間ほどして、久しぶりにまた学校に来るように言われた。トラグヮーは、いとこを連れてきた。いとこは白い靴下と、白い運動靴を履いていた。

「おはよう」

いとこははっきりとしたヤマトゥ《本土》言葉でぼくたちに言った。ぼくたちは顔を見合わせた。

「先生みたいだねー」

ヤンバルがぼくに耳打ちした。

「先生グヮー《小先生》だ」

ぼくたちはいとこから離れて歩いた。いとこはぼくたちのあとからついてきた。

校庭に並ぶと、校長先生は厳しい顔をして、「御真影ホーセン式を挙行する」と言った。なんのことやらわからず、トラグヮーと顔を見合わせた。

いつものように宮城遥拝をして君が代を歌い、頭を下げて教育勅語を聞く。空襲があったときはイョー《洞窟》に運びこまれていた御真影は、戦争が終わるといつの間にか奉安殿に戻されていた。

普段とかわらないと思っていると、校長先生が御真影を持って、奉安殿ではなく、ぼくたちの列の前を歩きだした。校長先生は怒ったような顔をしていた。校長先生のうしろを、先生全員がついて歩いた。先生たちは泣いていた。つられて泣きだす子もいて、あちこちからすすり泣く声が聞こえた。ぼくとトラグヮーはどうしていいかわからず、また顔を見合わせた。

式が終わると、家に帰ってよいことになった。トラグヮーのいとこのまわりに女子が集まっていた。いとこは、地面に木切れで文字を書いていた。

「これってどういう意味なの？」

カミがヤマトゥ言葉でたずねている。日本語の先生になりたいというだけあって、カミはヤマトゥ言葉がうまい。

ぼくたちも女子の頭の上からのぞきこんだが、書かれた二文字のうち、あとの一文字は見たこともない字だった。

「奉遷の奉はたてまつるっていう敬語、遷は移すっていう意味だから、どこかに持っていくっていうことだと思うよ」

いとこはヤマトゥ言葉で滔々《とうとう》と説明した。わあっと歓声が上がる。

「ヤマトゥから来た子は、なんでも知ってるねー」

すると、ヤンバルが輪から離れ、いとこに向かって叫んだ。

「先生グヮー」

「ヤンバル、やめりよー《やめなさいよー》」

即座にカミが甲高い声でとがめる。いとこは顔を上げてヤンバルの顔を見た。ヤンバルの言った言葉の意味がわからないらしく、その顔には戸惑った表情しかない。

「先生グヮー」

ヤンバルはもう一声叫ぶと、走って逃げた。ぼくとトラグヮーもあとを追い、走って逃げて帰った。

「ヤンバル」

カミのとがめる声だけが、ぼくたちのあとを追いかけてきた。

その日、島中の学校におさめられていた御真影と詔書は、越山の守備隊に運ばれ、焼かれた。

大隊長によって火が放たれ、君が代と海行かばを歌って送ったが、その煙は青かったと、あとで教練の盛《もり》先生が泣きながら話した。


ウム《芋》の収穫がすんで、戻ってきてから、畑に鎌を忘れてきたことに気づいた。また畑に戻るのが面倒で、先延ばしにしているうちに、夕飯もすんで日が沈んでしまった。

「明日、草刈りに困るでしょー。月が出ているうちに取ってきなさいねー」

あま《おかあさん》に叱られ、ぼくはウム畑に行った。十五夜を過ぎたばかりの月はまだ明るく、松明はいらなかった。

ところが、収穫が終わり、だれもいないはずのうちのウム畑に、だれかいた。月の光に、ふたりの人の影が浮かびあがっている。

ぼくは足音をしのばせ、蘇鉄やフバ《びろう》の木に隠れながら、そうっと近づいた。

ひとりはフバ笠をかぶり、もうひとりはうちゅくい《頭にかぶる布》をかぶっていたが、ぼくにはすぐわかった。

アガリヌヤー《東の家》のおじいさんとおばあさんだ。

うちの畑を掘り返し、収穫後に取り残された、親指くらいの小さな芋、ムイジャウム《掘り残しの芋》を取っている。

金持ちの家のウムは大きい。十分大きくなるまで待ってから、一斉に収穫するからだ。ウムが大きくなるまで待てない普通の家では、大きくなったウムから少しずつ掘ってきては食べる。それでも、収穫後に残されたムイジャウムは小さすぎて、普通は食べない。だから、よその家の畑のものでも、ムイジャウムは取ることを許されている。だれもアガリヌヤーのおじいさんを責めたりはしない。

それでも、おじいさんとおばあさんは、夜中にフバ笠とうちゅくいで顔を隠して、うちの畑を掘り返していた。いくら隠しても、曲がった腰で、だれだかすぐにわかってしまうのに。

もう、アメリカからの食料品が流れつくことはない。そういえば、十五夜が過ぎても、アガリヌヤーのおじいさんだけは、取り残されたヤラブ《蘇鉄の実》を探して、曲がった腰で蘇鉄山を歩きまわっていた。

戦争が終わってから、アガリヌヤーのウム畑は飛行機畑と呼ばれるようになった。西島伍長の飛行機が不時着したからだ。空襲を避けて夜な夜な植えたウムだったのに、あのとき荒らされたせいで、ろくな収穫がなかったにちがいなかった。

なぜ、伍長の九七式戦は、よりによってアガリヌヤーのおじいさんの畑に落ちたんだろう。たったひとりの息子は戦争が終わっても帰ってこず、シマ《集落》で一番貧しい家の畑に。

ぼくが鎌を持たないで帰ると、またあまに叱られた。ぼくは疲れて眠いふりをして、すやすや眠るハナみー《兄さん》の横にもぐりこんだ。

あくる日、学校もなかったので、トラグヮーとヤンバルに頼んで、収穫が終わったふたりの家の畑のムイジャウムを掘ってもらった。集めたムイジャウムは夜になるのを待って、アガリヌヤーのトーグラ《台所》の軒下に運びこみ、こっそり積んでおいた。

授業はまた、青空のもと、校庭で受けることになった。もう男子組女子組と分かれず、男女一緒の組になった。

ガジュマルの下に黒板を持ちだして、先生が教える。授業は午前中だけで、午後は浜へ砂運びに行き、校庭を整備する。雨の日は休みになった。学校へ上がる細い道は、雨が降ると水がごうごうと流れるし、傘を持っている子なんて殆どいないからだ。

弁当はどの家もたいていウム《芋》だった。三つ四つばかりのウムと塩を手拭いに包み、腰にぶらさげていった。ウムすらない家の子は、ヤラブケー《蘇鉄の実の粥》を食べに家に帰っていた。ぼくも時々は走って家に帰ることがあった。

前から学校ではヤマトゥ《本土》言葉をしゃべるように厳しく言われていたが、ますますうるさく言われるようになった。

「みんなは日本人なんだから、日本語をしゃべりなさい。日本語がしゃべれない人間は日本人ではない。方言はしゃべっちゃだめだ」

先生はそう言って、島ムニ《言葉》でしゃべった子を竹の笞で叩いた。あんまり叩くので、笞は十日ももたず、割れて使いものにならなくなった。するとすぐに、だれかが代わりの笞を切って持ってくる。黒板が掛けられたガジュマルの幹には、いつも竹の笞が下がっていた。

島ムニを使ったという札も作られた。学校で島ムニでしゃべると、日直がそれを暴く。すると、方言使用者と書かれた札を首から下げられ、水を入れたバケツを持たされ、黒板の横で立たされた。当然ながら、ヤマトゥから戻ってきた子たちは一度も立たされない。

ぼくは気をつけて、島ムニをしゃべらないようにしていたが、授業中にトラグヮーがぼくの前でおならをしたとき、思わず「ひをへるな」と言ってしまい、立たされた。

くやしくてたまらず、それからは、わざと「方言で言えば」と、先生や日直の前でヤマトゥ言葉で言ってから、島ムニでぺちゃくちゃとしゃべることにした。

放課後に草刈りへ行って、雌のヤマダ《ギンヤンマ》をつかまえて木の枝の先に糸で括って結び、飛ばしながら唄う。

やまだー　ごいごい《こいこい》
てんとー《オニヤンマ》　ごいごい

すると、雄のヤマダが飛んできて、おもしろいように取れる。雄のヤマダの腹に泥を塗って雌に見せかけても、雄のヤマダはだまされて、飛んでくる。

みんなで大声で叫んでいるうちに、これは島ムニじゃないかとヤンバルが言いだした。

「じゃあなんていって唄えばいいんだ？」

結局、ヤマダもテントーも、ヤマトゥ言葉でなんというのか、だれにもわからなかった。


稲刈りをひかえて、泥棒がはやりはじめた。

畑が荒らされ、朝になると、ウム《芋》や野菜が引き抜かれ、穴だけが残されていた。

シマジマ《集落ごと》で自警団を作って、夜になると見回るようになった。

ぼくも一人前の顔をして、あちゃ《おとうさん》とカミのじゃーじゃ《おじいさん》と一緒に見回った。大手を振って夜更かしができることも嬉しかったが、ぼくはひそかに、泥棒はアガリヌヤー《東の家》のおじいさんではないかと心配していたのだ。

暗闇だと見えないから、泥棒もできない。泥棒はたいてい、月の夜にやってくる。

月の明るい夜、カミの家のウム畑まで来たとき、じゃーじゃが急に、ヤマトゥ《本土》言葉で叫んだ。

「このへんは、泥棒がよく出るらしいねー。あっちによく出るらしいから、こっちから回っていこうねー」

ぼくは驚いて、じゃーじゃが叫んだ先を見た。畑の隅にだれかがいた。ウムのつるをひっぱっていたらしい。

立ちあがった姿が月の光に浮かびあがる。男の人だということは体つきでわかるが、知らない人だ。シマの人でないことに、思わずほっとする。アガリヌヤーのおじいさんでもない。

泥棒は走って逃げだした。

「泥棒だー。あっちへ逃げたぞー」

じゃーじゃはまた、ヤマトゥ言葉で叫んだ。ぼくが追いかけようと走りだそうとしたら、じゃーじゃに腕をつかまれた。叫ぶだけで、追いかけもせず、ただ足踏みをして、音を立てる。あちゃもほかのおじさんたちも足音を立てるだけで、追いかけずに、ただ叫ぶ。

「泥棒だぞー。泥棒だぞー」

「つかまえろー」

泥棒は抱えられるだけウムを抱え、それをぼろぼろ落としながら、懸命に逃げていく。おじさんたちは腹を抱えてわらった。

「なんでつかまえないのー」

ぼくはじゃーじゃに訊ねた。

「かわいそうだからねー。だれだって泥棒なんてしたくないよー。食べるものがなくて、飢えているから盗むんだからねー」

よく耕されたウム畑は、土が柔らかい。特に働き者のじゃーじゃの畑は、入るとくるぶしまで土に埋まる。泥棒がいた畑の隅に行ってみると、見事にすぽんと引き抜かれたウムが散らばっていた。

「ほかのシマではつかまえてぶんなぐったとか聞いたけどねー。お互いに飢えているんだからねー。この食糧難に子だくさんじゃ、畑がなくちゃとてもやっていけないよー」

じゃーじゃが言った。

島で畑を持っていない人はいない。じゃーじゃが泥棒に、わざとヤマトゥ言葉で叫んだ意味がやっとわかった。親類縁者を頼ってヤマトゥから引き揚げてきた人たちは、家も畑も持たず、年寄りやたくさんのこどもたちを抱えていた。

「二、三個は盗っていけたかねー」

じゃーじゃはウムを埋め戻しながら、つぶやいた。


トラグヮーのいとこは貴之《たかゆき》といった。

でも、ぼくたちは先生グヮー《小先生》としか呼ばなかった。学校の行き帰りも離れて先を歩いた。

貴之は組のだれよりも背が高く、勉強もよくできた。先生はいつも貴之をあて、貴之がヤマトゥ《本土》言葉で答えると、「きれいな日本語だ」とほめては、「おまえたちも貴之を見習え」と、ぼくたちを叱った。

神戸ではひどい空襲があり、着の身着のままで逃げてきたという話だったが、その割に、貴之は白い運動靴を履き、ランドセルを背負っていた。

休み時間も、ぼくたちは貴之を誘わなかった。貴之は校庭の隅でぼくたちが遊ぶのを見ていた。

どの家も子だくさんなので、弟や妹を背負って登校している子がいる。その子たちも遊びの輪に入れないので、校庭の隅でみんなが遊ぶのを見ていた。ナークを背負ったカミもそのひとりだった。

十五夜のときにカミが踊りを教えていた子がそばにいて、おしゃべりをしていた。やはり神戸から引き揚げてきた子で、美奈子《みなこ》といった。あの夜以来、カミはすっかり美奈子と仲よくなっていた。

貴之はその子たちと一緒にいたが、そのうち、ゴム跳びをしていた女の子たちに声をかけて、一緒に遊ぶようになった。ゴムを低くして、連れてきた小さい妹や弟を背負ってどれだけ跳べるかの競争にかえたのだ。そうなると、みんなが小さい子を交代で背負うようになる。

いつもナークを背負って、みんなが遊ぶのを見ていただけだったカミが、いつの間にかみんなと一緒に遊んでいた。ゴムを地面につけて、やっと歩けるようになったナークにまでまたがせてみせて、嬉しそうに手を叩いてわらっている。

歩ける弟や妹も大喜びだ。そのうち、ゴムを二段にして交差させ、「うーえかしたか、まんなかか」と目隠しをさせて選ばせ、下をくぐったり、間を通りぬけたりする遊びも始めた。これなら、高く跳べない子も一緒に遊べるし、背の低い子のほうが有利になるときもある。

「あいつ、生意気だな」

ヤンバルが鬼ごっこの途中で足をとめて言った。

「投げとばしてやる」

学校の相撲場の整備が終わったら、相撲を取ることになっていた。ぼくたちがふだん、あまりけんかをしないのは、なにかというと相撲を取って遊んでいたので、だれが自分より強くて、だれが自分より弱いか知っていたからだ。

「おれだって、先生グヮーには負けないぞ」

トラグヮーも言った。

「あいつ、いつも美奈子と一緒にいるんだぞ」

同じ神戸から引き揚げてきたせいか、貴之は美奈子とよくしゃべっていた。でも、そんなときはたいてい、カミも一緒にいることをぼくは知っていた。

相撲場が直り、土俵に白い砂が撒かれてきれいになると、授業で相撲を取ることになった。ヤンバルもトラグヮーも貴之をやっつけようと意気込んでいたが、最初に貴之とあたったのは、ぼくだった。

「マチジョー、頼むぞ」

「先生グヮーなんてやっつけてやれ」

ヤンバルとトラグヮーはそう言ってくれたが、実のところ、ぼくはそんなに相撲は強くない。トラグヮーにはよく勝つけれど、ヤンバルにはいつも負けてばかりだ。

「よりによって、マチジョーか」

「マチジョーじゃ勝てないな」

「おれが出ればこてんぱんにするのに」

そんなあきらめの声のほうが大きかった。きっとヤンバルもトラグヮーも、本音は同じだったにちがいない。その声の中で、カミの声が聞こえた。

「マチジョー、手加減してねー」

ふりかえると、カミがぼくを見て、手を振っていた。

運動靴を脱いで、土俵に上がってきた貴之は、体が大きいだけあって、力が強かった。組み合うと、力では押し切れない。ただ、背が高いせいか、重心が高い。相撲はそれほどしなれてないのだろう。ぼくは足を払い、あおむけに押し倒した。

貴之は土俵に頭を打ちつけ、しばらくは起きあがれなくなった。

「手加減してって言ったのに」

土俵から降りると、カミがぼくをにらんだ。

貴之は弱いという評判になり、みんなが貴之と相撲を取りたがって、休み時間は相撲ばかり取るようになった。

ところが、弱いはずの貴之はそれほど弱くなく、意気込んで組みついたトラグヮーをあっさり投げとばした。ヤンバルとさえいい勝負で、なかなか決着がつかず、そのうち、貴之を応援する男子も多くなってきた。気がつくと、いつも貴之はみんなの遊びの輪の中にいるようになっていた。

「ユキ、もういっぺんやろう」

ある日、ぼくは、貴之に二度目の勝負を挑んでみた。

「ユキ?」

貴之はふしぎそうな顔をしてぼくを見た。

「おまえのわらびなー《童名》だよー」

ヤンバルが気をきかせて教えた。

「がっこなー《学校名》だけじゃ、おかしいだろー」

「呼びにくいしなー」

トラグヮーも頷き、えらそうに貴之に教えた。

「おまえは色が白いからなー」

ぼくとヤンバルは吹きだした。

「貴之のユキだよー」

「なんだ、そうか」

貴之も一緒にわらった。ナークを背負って、みんなと一緒に遊んでいたカミも、嬉しそうにこっちを見ていた。

その日から、貴之はユキになった。

どの家でも、学校に行く前と、帰ってきてからの二回、こどもは牛に食べさせる草を刈る。戦争中に牛を売ってしまったトラグヮーの家も、機銃掃射に遭ってつぶして食べてしまったヤンバルの家も、農作業に欠かせない牛を買った。値上がりがものすごく、ヤンバルの家は畑を売って牛を買ったという。

「大事な牛だからって、うるさくてしかたがないよー」

ヤンバルは言った。オーダ《もっこ》をいっぱいにするだけではだめで、毎回父親にオーダの重さまでたしかめられるという。ぼくはヤンバルの草刈りを手伝った。また三人で草刈りに行けるようになって、嬉しくてしかたがなかった。

そのうち、牛を飼いはじめたユキも一緒に来るようになった。

ユキは何を見てもめずらしがる。

「見て。田んぼで洗濯をしているよ」

雨が降ったあとの田んぼで洗濯をするのはあたりまえのことだった。ぼくたちにとっては、桃太郎のおばあさんが川で洗濯をしていることのほうがめずらしく思えた。ヤマトゥでは、それほどあちこちに川が流れているらしい。

「水道がないから大変だよね。うちは木に縄をかけて、甕を置いて、雨水をためて使ってるよ」

どの家でも、大変な水汲みを補うために、大きな木の下に天水甕を置いて、雨水をため、洗いものやウム《芋》を炊くのに使っていた。畑に掘った穴にたまった雨水も使う。ユキに聞いて初めて、島の外では水道というものがあることを知った。

さとうきび畑の間の道を通っていく。いつの間にか、さとうきびの花が咲いていた。大きな銀色の穂を、天に向かってまっすぐにつきたてている。

「この島のすすきは強そうだね。島は風が強いから、こんな風に進化したのかな」

「これはさとうきびだよー。すすきじゃないよー」

トラグヮーがわらう。

「すすきじゃないの？　道理で首がたれていないと思った」

海を見下ろす草原まで来ると、ユキは歓声をあげた。

「船が来た」

ちょうど、船がこちらにやってきていた。

「きれいだねえ。海が透き通って、船が空に浮いてるみたいだ」

透き通った海が、空の色と一緒になって、船が宙に浮いているように見える。

ぼくたちには見慣れた風景だった。めずらしくもないので、特にきれいだと思ったこともない。

ヤマトゥ《本土》から引き揚げてきた子たちは、砂が白いと言っては驚き、土が赤いと言っては驚く。海も砂浜も畑も、島の景色の何もかもが美しく見えるらしい。西島伍長が「ここは天国のようだ」と言っていたことを思いだす。

草刈りを始めたが、ユキは鎌を扱えず、なかなか草を刈れない。お互いに刈った草を山にして、鎌を投げ、うまく鎌がささったら、一番大きな山を取れる鎌投げをすることにした。一番大きな山を作っていたヤンバルの鎌がささりそこね、ヤンバルはユキの一番小さな山をもらった。それでもヤンバルはオーダをすぐにいっぱいにした。ぼくは、ヤンバルがわざと鎌をはずしたことに気づいていたが、黙っていた。

ユキはその間にも鎌で指を切った。草刈りで指を切るのはしょっちゅうだった。鎌は右手で持つので、切るのはきまって左手だ。ぼくたちの左手はいつも傷だらけだった。

ユキが血が止まらないと騒ぐので、ぼくたちはよもぎを取ってきて、つばでもんでつけてやった。

「ヨードチンキはないの?」

ユキは指を緑色に染めて訊いた。

「なんだそれ」

ぼくたちはあきれて、ユキに自分たちの手を見せてやった。きっともう二度と消えることのない傷が、ぼくたちの左手にはいくつも刻まれていた。

オーダに草を詰める段になると、今度はオーダの仕組みに感心する。

「これを発明した人は天才だね。普通の袋は四角に編んで、四角の網状の袋にするのに、これは端っこに三角をいくつか入れているから、丸くなる。だから、持ち手になる二つのみみは、どこをひっぱっても口がきちんと閉まるようになってるんだ」

ぼくたちはオーダについてこれまで考えたこともなかった。オーダに四角い網の部分と三角の網の部分があるということも、ユキに言われて初めて気づいた。

「これは、ほかの島にはないんだって」

ぼくは、いつだったか、ハナみー《兄さん》に教えてもらったことを言った。

「与論とえらぶ《沖永良部島》だけにしかないんだって」

「じゃあ、きみたちの先祖は天才だね」

うやほー《先祖》をほめられて、ぼくたちはなんだか嬉しくなった。

「でも、おれたちの先祖ってことは、ユキの先祖でもあるんじゃないの？」

しばらくして、ヤンバルが言った。

「たしかに」

ぼくたちはわらった。

ぼくたちは、ユキのオーダに草をぎゅうぎゅうに詰めてやった。でも、ユキは途中で持ちきれなくなってへばってしまった。

道ばたですわりこんでしまったユキに元気を出させようと、ぼくたちはヤマダ《ギンヤンマ》取りをしてみせた。二股になっている枝に蜘蛛の巣をからめとって、まず雌のヤマダを取ると、ユキはまた感心して言った。

「虫取り網のかわりか。よくそんなこと思いついたね」

そして、ぼくたちが虫取り網というものを知らないことに驚き、雄のヤマダをおびきよせてつかまえても驚いた。ユキは、ヤマダはヤマトゥ言葉でギンヤンマだと教えてくれ、夢中になって、雄のヤマダを何匹もつかまえた。

それで結局、ユキはつかれきってしまい、ぼくたちは交代で、ユキのオーダを砂糖小屋まで運んでやる羽目になった。


十一月になって、いよいよ、越山の守備隊が引き揚げるという。

初めて守備隊の兵隊さんがやってきたときのことは、よくおぼえている。島を守ってくれる兵隊さんたちが来るということで、先生に引率され、全校生徒で港へ行き、出迎えた。兵隊さんたちはみんな背嚢を背負い、靴を履いて、ゲートルを巻いていた。その姿に憧れて、みんなうっとりして眺めたものだったが、兵隊さんたちが校舎を兵舎としたので、今と同じように、ぼくたちはガジュマルの木の下で授業を受けることになったのだった。

引き揚げのときも見送るのだとばかり思っていたが、夏植えの稲刈りと重なった。それでも戦時中なら、兵隊さんの見送りを優先しただろう。そんなことにも戦争が終わったことをあらためて思い知る。

学校は稲刈り休みになり、大人もこどもも田んぼへ出た。

ぼくも鎌を持って家を出ると、アガリヌヤー《東の家》のおばあさんとすれちがった。頭には大きなヒャーギ《ざる》を二つも重ねている。

「どこへ行くのー」

ぼくは思わず訊いた。つい最近おじいさんが亡くなり、ずっと待っていたひとり息子はフィリピンで戦死していたことがわかり、アガリヌヤーのおばあさんには身寄りがなくなってしまっていた。

「飛行機畑へ行くよー」

おばあさんは、案外にしっかりとした口調で答えた。

「ぼくも一緒に行くよー」

ぼくはおばあさんの頭の上のヒャーギをひとつ持った。てっきりウム《芋》が入っているとばかり思ったヒャーギには、見慣れない球根が盛られていた。

「これはなにー」

「ユリダマ《百合の球根》だよー」

おばあさんはわらいながら言った。

「おじいさんがねー、非国民と言われてもスパイと言われても、戦争中もずっと守りぬいた百合だよー」

飛行機畑につくと、おばあさんは慣れた手つきでユリダマをひとつひとつ、赤土の中に埋めていった。

「ここは百合畑だったんだよー」

おばあさんは話しながらも手をとめなかった。

「戦争が終わったらねー、必ずまた、百合が売れるようになるって、おじいさんはいつも言ってたよー。おじいさんは死んでしまったし、もう息子も帰ってこないし、わたしも生きて見られないかもしれないけど、この百合はねー、わたしたちが生きた証だよー」

ぼくはただ、何度も頷いた。

「またいつかきっと、えらぶは百合の島になるよー」

おばあさんの言葉は予言だった。

「みへでぃろー《ありがとう》、あんたの家は稲刈りでしょー、もう田んぼに行きなさいねー」

おばあさんにうながされ、ぼくは畑を離れた。しばらく歩いてふりかえると、広い飛行機畑に、おばあさんの小さな背中だけが休みなく動いていた。

ぼくは田んぼまで走っていった。

稲穂は黄金色に実り、風が吹くと金の波を打つ。

田んぼを持っている家はどの家も家族総出で働く。みんな鎌を持って稲を刈る。刈った稲を束ねていて、あや《姉さん》がいないことに気づいた。ハナみー《兄さん》の世話に戻ったのかと思ったが、いつまでも戻ってこない。

あま《おかあさん》に訊くと、あやは兵隊さんの見送りにいったという。

「兵隊さんたちに、よくしてもらってたんだってー」

稲束を畦に広げたり、竹で作ったやぐらに掛けたりして干していると、やっとあやが戻ってきた。あやの目は真っ赤だった。

守備隊がいなくなったので、アメリカ軍の駐留が始まるという噂が立った。まずは、大島《奄美大島》にアメリカ軍がやってきたらしい。

戦争が終わっても、相変わらず電気も通ってないシマ《集落》には、ラジオも新聞もない。守備隊がいなくなったので、虚実ないまぜだとしても、信じるべき情報がなくなった。

これからアメリカ軍が奄美群島をくまなく調査して、日本に入れるか、沖縄に入れるか決めるという噂も立った。

カミのじゃーじゃ《おじいさん》は朝早くから墓へ行くようになった。

ぼくが草刈りに、カミが水汲みにいくとき、じゃーじゃはいつもイチみー《兄さん》の墓にいた。

じゃーじゃはイチみーの墓石に書かれた文字を削っていた。

シマの墓地の中でひときわ大きいイチみーの墓には、裏に戦死した経緯が書かれていた。じゃーじゃが削りとったのは「神風特別攻撃隊」や「功ニ依リ海軍少尉特進」のくだりだった。

「特攻隊員だったことがわかったら、センパンにされてしまうかもしれないからねー」

じゃーじゃが言った。

「センパンってなに？　英語？」

カミが訊いた。これまで聞いたことのない言葉だった。戦争が終わってから、聞いたことのない言葉が一気に増えた。それは、これまで使ってはいけなかった英語か、ヤマトゥ《本土》から戻ってきた人たちが使うヤマトゥ言葉であるときが殆どだった。

「日本語だよー、戦争犯罪人っていってねー、戦争でわるいことをした人だよー」

じゃーじゃの答えに、ぼくは納得できなかった。

戦争でわるいことってなんだろう。人を殺したことだろうか。でも、敵をたくさん殺せば殺すほど、その兵隊さんはほめたたえられてきたはずだった。だいたい、人を殺さない戦争なんてあるんだろうか。

「アメリカ軍が上陸してきたらねー、じゃーじゃはあんたたちを殺そうと思っていたんだよー」

じゃーじゃがごりごりごりごりごりと、墓石を削る手をとめず、まるで夕飯の話でもするように言った。

「アメリカ軍にあんたたちを殺されるくらいなら、ひどい殺されかたをするくらいなら、いっそのこと、じゃーじゃが殺そうと思ってねー、家中の包丁と鎌をよく研いでねー、用意していたんだよー」

そういえば、みんなで第三避難壕へ行く準備をしていたころ、じゃーじゃはいつも、包丁や鎌を研いでいた。背中を丸めて、口もきかず、ごりごりごりごり。

「いつアメリカ軍が上陸してもいいようにねー」

その丸い背中を見て、息子と孫息子を亡くした悲しみを紛らわそうとしているんだと、ぼくは思っていた。

「戦争が終わってよかったよー」

じゃーじゃは、毎朝イチみーの墓に通い、少しずつ、石を削った。ほかの墓石と同じ珊瑚石なら、すぐに削りとれただろうが、沖縄から取り寄せたという石は固く、なかなか削りとれなかったのだ。


刈り取って、畦に干した稲束は、三、四日すると、ひっくり返す。

あちゃ《おとうさん》とふたりで、田んぼにひっくり返しにいくと、稲穂が切り取られて、なくなっていた。空襲に怯えながら、何日もかけて植え、やっと収穫できた米だったのに。

「しかたがないねー」

あちゃはさみしそうに言った。

「わたしたちより食べるものがなくて、こういうことをするんだからねー」

幸い、やぐらに掛けておいた稲束は無事だった。

「昨夜は月が出たからねー。こっちが無事なら、なんとかなるよー」

ナカヌヤー《中の家》の家に稲束を運び、脱穀機で脱穀してもらう。ぐあんぐあん響く脱穀の音に、すべての音がかき消される。それでももう、飛行機の音を聞いていてと頼まれることはなかった。

あま《おかあさん》とあや《姉さん》が丸い箕《み》でふるってごみを飛ばす。風がよく吹くよう、あやが口笛を吹く。口笛のことはハジといい、ハジは風のことでもあった。口笛を吹けば、風が吹くと言われている。だから、船に乗ったときには、決して口笛を吹いてはいけない。

戦争が終わってから、あやはまた前のように、よく働くようになった。うちの仕事やハナみー《兄さん》の世話だけでなく、おじいさんが亡くなって、ひとり暮らしになったアガリヌヤー《東の家》のおばあさんのためにも水を汲み、ウム《芋》を炊く。百合の植えつけも手伝っているらしい。

あちゃが見かねて「あんたは鉄で作ってないからねー」とあやに言ったほどだ。

「血で作ってあるからねー。無理をしてはいけないよー」

あやの口笛を聞きながら、ぼくはハナみーにヤラブケー《蘇鉄の実の粥》を食べさせていた。朝晩が肌寒くなってきたこのごろ、目に見えてハナみーの食欲が落ちてきた。寝付いてからは筋肉も落ち、やせてはいたが、食欲がなくなってから、骨が浮きあがって見えるようになった。

あまとあやが山羊の乳にサタ《黒砂糖》を溶かしたり、卵をもらってきて飲ませたりするが、ハナみーは飲みこむのがつらいようで、口に入れても吐きだしてしまう。

三番鶏の声を聞いて目をさますたび、ぼくはまず、今朝もハナみーが生きているかどうかをたしかめた。呼吸とともにかすかに上下する肩は、すっかり骨ばってとがっていた。

トーグラ《台所》からは、いつも一番に起きているあまの唄声が聞こえてくるようになった。

なしぐゎー《生んだ子を》　むるとぅむに《みんな》
育てぃゆんでぃしゃしが《育てようとしたけれど》

イチカ節だ。島の人たちは、唄遊びの締めくくりに唄い、悲しいときやつらいときに唄う。

一番の難曲で、イチカ節が唄えるようになったら一人前の唄者《唄い手》だ。

いろんな歌詞で唄うし、即興でも唄うが、唄遊びで唄うときは、歌詞はだいたい決まっている。あまの唄はこれまで聞いたことのない歌詞だった。

てぃんぬ《天の》　う定みぐゎ《定めで》
育てぃならむ《育てられなかった》　スリ

ユニみーが空襲で死に、ハナみーも一日ごとに弱っていく。

せっかく戦争を生きのびた山羊の乳も、ハナみーは飲み下せなくなってきた。

あまの唄う気持が、ぼくには痛いほどわかった。


稲刈りがすんだのに、食糧難はいよいよひどくなった。食料品の値段はうなぎのぼりだった。

せっかく収穫した米は、あちゃ《おとうさん》がみんな売ってしまった。結局、一粒もぼくたちの口には入らず、ウム《芋》やヤラブケー《蘇鉄の実の粥》で暮らすしかなかった。それも次の収穫まで持たせなければいけない。

蘇鉄は一年に一度しか実をつけないので、切り倒して幹まで食べるようになった。固い皮を斧で削り、中の白い芯を腐らせて、臼でついて、だんごにして食べる。こんなもの、ふだんなら、牛や馬だって食べない。

そこへ、アメリカ軍のストック品が配給された。缶詰や衣類が主だった。あちゃが班長会でもらってきたのは、グリンピースや肉の缶詰、Kレーションという携帯食のセット、ハジキヌファー《オオハマボウの葉っぱ》でくるんだラード、それからアメリカ軍のズボンだった。

食べものは見覚えがあるものばかりだった。特に、Kレーションは、戦争中、何度か浜で拾ったものだった。中に缶詰やビスケット、たばこやチューインガムが入っているのも同じだった。ラードは大きな缶詰に入っていたものを、ひとりにつきひと掬いずつ、シマ《集落》で分けあったのだという。あま《おかあさん》もあや《姉さん》も大喜びだった。

「マチジョーにはガムがあるよー」

あやが真っ先にぼくにくれた。

「これ、シマ中に配られたのー」

ぼくがあちゃに訊くと、あちゃはたばこを手にして頷いた。

「ガムはあやがかんでいいよー」

ぼくはそう言って、あやに戻した。どの家にも配られたなら、もうカミとガムを半分こすることはない。

「いつもぼくばかりもらってるから」

けげんそうな顔をしたあやとあまに、ぼくは言い訳のように言った。

「あんたは優しいねー」

あまは嬉しそうに目を細めてぼくを見た。ぼくは目をそらした。

ぼくは、食料品よりも、靴がほしかった。ヤマトゥ《本土》から来た子はみんな、運動靴を履いていた。でも、配給の食料品に喜ぶあまとあやの前では言えなかった。

アメリカ軍のズボンは、びっくりするほどに大きかった。広げると、片足にぼくの体がすっぽり入るくらいだった。後蘭孫八の着物を思いだす。あのとき先生が言ったことは本当だったらしい。

「あべー《あれー》、これは着れないねー」

「こんなの、だれが穿くのー」

みんなで手を打ってわらった。そのままで穿ける人はいなくても、貴重な布地であることにはかわりなかった。このズボンも、あちゃがどこかへ売って、金にかえてしまった。


越山の守備隊が引き揚げたので兵舎が払い下げられ、学校の校舎にすることになった。校区のシマ《集落》の人たち総出で越山にのぼり、兵舎を解体して学校へ運ぶ。ぼくも、壁の一部らしい板を運んだ。ヤンバルとユキはふたりで柱を運んでいる。ヤンバルはさりげなく先に立って、下り坂では重さがかかる方を持っていた。

物不足は深刻だった。どんな木切れも無駄にはできない。アガリヌヤー《東の家》のウム《芋》畑に落ちた西島伍長の九七式戦の残骸も、ジュラルミンを叩いて、鍋やコップになった。

　できあがった校舎は以前とそれほどかわらない、大きな茅葺きの校舎だった。床がなく、でこぼこした土間で、やっぱり前と同じように、雨が降ったら教室に吹きこんでくるんだろう。ヤマトゥ《本土》から来た子たちは、床がないことだけでなく、入り口に戸がないとか、窓にガラスが嵌まっていないとか、そんなことにまで驚いている。ヤマトゥの学校は、床があって、入り口には戸があって、窓にはガラスが嵌まっているらしい。そもそも茅葺き校舎ではなく、コンクリート製で、そうでなくても木造だという。

「寒くなる前に校舎ができて、よかったねー」

　みんな嬉しそうに机と椅子を運びこむ。黒板が置かれると、すっかり教室らしくなった。だれが切ってきたのか、竹の笞も忘れずに、黒板の横に吊りさげられた。

　ずっとカミの背中にいたナークは下りたがって、むずかった。ナークはこのごろ、しきりに自分で歩きたがる。

「ナークだって、大きくなったんだもんな」

　カミの背中から、ナークを抱きとりながら、ユキが言った。

　土間の赤土の上に下ろされたナークは、嬉しそうに机の間を歩きまわる。

「ユキは小さい子に優しいねー。妹も弟もいないのにねー」

　カミがおんぶ紐をくくりながら言った。

「いたよ。妹がふたりと、弟がひとり。空襲があってね、みんな死んじゃったんだよ。おかあさんも一緒に」

ユキの言葉は思いがけなかった。

「いや、死んじゃったんだと思う。死体はみつからなかったから、わからないんだ」

ぼくもカミも何を言っていいかわからず、ただ、ユキの顔をみつめた。

「ぼくは疎開してたから、助かったんだ。疎開から戻ったら、神戸は焼け野原でね、家も町も何もかも、なくなってた」

ユキはナークをみつめていた。ナークは教室をひとめぐりし、けたけたとわらいながら、戻ってきた。

「ナークを見てると、弟を思いだすよ。ちょうど同じくらいだった。ぼくもよく弟をおんぶして学校へ行ったよ」

そのとき、ナークが転んで泣きだした。

「ふぁーとぅ《鳩》ぬ《が》とぅだん《飛んだよ》」

カミがあわてて言って、上を指さした。教室の中で鳩が飛ぶわけがない。見上げたナークはまた泣きだした。

カミはナークを抱き、ゆすってあやしながら、子守唄を唄いだした。

いーしぬ《石の》ういに《上に》　みちゃ《土》ういてぃ《置いて》
みーちゃぬ《土の》ういに《上に》　はな《花》ういてぃ《植えて》

まわりにいた女の子たちも一緒に唄いだす。つられて、トラグヮーやヤンバルも唄いだす。みんな、あや《姉さん》やみー《兄さん》にこの子守唄を唄ってもらって大きくなったのだ。

「子守唄なんだよ、えらぶ《沖永良部島》の」

ユキは方言がわからない。戸惑うユキを気の毒に思って、ぼくはそっと説明した。

「知ってる、この唄」

ユキはそうつぶやくと、みんなと声をそろえて唄いだした。

うーぬ《その》はなーぬ《花が》　さーかーばー《咲いたら》
わーくゎーに《わたしの子に》　くーりーらー《あげるよ》

いつの間にか、ヤマトゥから引き揚げてきた、靴を履いた子たちも唄っていた。

驚くぼくたちに、ユキは言った。

「おかあさんが唄ってくれた唄だよ」

靴を履いた子たちも、ユキの言葉に頷いた。


越山の戦車壕の埋め戻し作業に、男子だけが参加することになった。そのほか、高等小学校、高等女学校、青年学校の生徒たちも参加して、越山にのぼった。

ぼくは、途中の道で、戦争中、結局一度も見たことがなかった第三避難壕を、初めて見た。

「中には床も敷かれていてねー、水もあるから、何ヵ月でも住めたと思うよー」

トラグヮーとヤンバルが指をさして教えてくれた。入り口に草が生い茂り、中は見えなかった。

「あと少しで完成したのにねー」

ユニみー《兄さん》もあや《姉さん》も、みんなで第三避難壕を掘っていた。自分たちの死に場所として。カミのじゃーじゃ《おじいさん》は、そこでぼくたちを殺そうと準備をしていた。

あと少しで完成するというとき、戦争が終わった。

「みんなだまされたねー」

ヤンバルが言った。

だまされた。

兵隊さんたちにだまされた。

戦争が終わったと知ったとき、何度も聞いた言葉だった。

ぼくはこの言葉がずっと気になっていた。

だまされたといってすましてしまったら、一度だまされたぼくたちは、きっとまた、だまされる。

何度でもだまされる。

ぼくは、掘りかけたまま放置されて、草に埋もれていく第三避難壕を通り越し、戦車壕までのぼっていった。

ユニみーが召集されて、掘っていた戦車壕。ユニみーが撃たれた場所はどこかわからない。とにかく、この穴のどれかを掘っていて、ユニみーは撃たれた。

戦車壕はシダとクワズイモに覆われていた。大人の背の高さほどの深さがあり、飛びおりたらのぼりかえすのも大変なほどに、大きくて深い穴だった。

そして、この戦車壕に囲まれて、守備隊の兵舎はあった。

ぼくは土を運び、穴に放りこんだ。

クワズイモが苦しいとでも言いたげに、大きな葉を揺らし、我が身に降りかかる土を払い落とした。その上に何度も何度も土を掛ける。やがてクワズイモの葉は土に埋もれて、見えなくなった。

それでも地面と同じ高さになるまで、ぼくたちは戦車壕に土を落としつづけた。

もう、始まっているのかもしれない。

十二月だというのに、ぼくはびっしょりと汗をかきながら、思った。

一度だまされたぼくたち。

また、ぼくたちはだまされているのかもしれない。また、だまされはじめているのかもしれない。

今もう、すでに。

衣料切符の配給で、ぼくに靴が回ってきた。先生の配慮で、靴のないものから順番にということだったが、島の子の殆どは靴を持っていない。公平にするため、くじ引きをして、ぼくが当たったのだ。

新品の運動靴だった。みんなが履いてみろというが、赤土に汚れた足では履きたくない。ぼくは風呂敷に包んで、大事に家に持ち帰った。

天水甕の水で足を洗ってから、そっと靴を履いてみた。ヤンバルもトラグヮーもユキもついてきた。あや《姉さん》もあま《おかあさん》もトーグラ《台所》から出てきて、見守った。ユキが靴の紐を結んでくれた。

みんな、わあっと歓声を上げた。

「似合うねー、マチジョー」

「ヤマトゥ《本土》の子みたいだよー」

「ちょっとマチジョーには大きいかもしれないね」

ユキはそう言ったが、大きいか小さいかなんて、ぼくにはわからなかった。どうでもよかった。ただ、たしかに歩くと、一足ごとにかかとがぬげた。

「でも、まあ、きっとすぐに大きくなるよ」

ユキはそう言ってとりなしてくれた。

汚したくなくて、草刈りにははだしで行った。

「せっかく靴が当たったのにねー、履かないんだねー」

トラグヮーもヤンバルもわらった。

「草刈りに履くなんて、もったいないよー」

ぼくは言い返した。

明日、学校に靴を履いていったら、カミはなんて言うだろう。ヤマトゥの子みたいだと言うだろうか。

明日になるのが待ちきれないでいると、夕飯のときに、あまが言った。

「マチジョー、靴は売らしてもらえないかねー」

ぼくはあまの言う意味がわからなかった。

「靴を売ってねー、ウム《芋》を買いたいんだよ」

そういえば、このごろはずっと、ヤラブケー《蘇鉄の実の粥》か蘇鉄のだんごだった。桑の葉がおかずに出たこともあったが、ひどくまずかった。

「ごめんね、マチジョー」

あやが謝った。

「ごめんね」

あまも頭を下げてくれた。あちゃ《おとうさん》は腕組みをして、うつむいていた。そのうしろでは、ハナみー《兄さん》が横たわっている。このごろ、ハナみーに卵も食べさせてあげてない。

ぼくは頷いた。頷いた勢いで、ヤラブケーに涙が一粒落ちた。ぼくは口をつけてすすって、残りを一口で飲みほした。

翌朝、トラグヮーとヤンバルが、ぼくの剝きだしの足を見て、わらった。

「マチジョーはけちだなー、学校へは履いていけよー」

ぼくはわらいながら言った。

「あの靴は大きすぎたからなー、あまが売ったんだよー」

「もったいないなー」

「すぐに大きくなるだろー」

トラグヮーとヤンバルの言葉を、ユキが打ち消した。

「いや、あれはマチジョーには大きすぎたよ。大きい靴はあぶないからね」

一度も学校へ履いていくこともないまま、靴は売られた。その夜の夕飯は、久しぶりにヤラブケーではなく、ぼくのすきなウムだった。


シモヌヤー《下の家》の鶏が、トゥブラ《とまり》木で夕鳴きをした。

聞こえるはずのない時間に鶏の鳴き声がするのは、縁起がわるいことだと知らなかったとしても、気味のいいものではなかった。

もう一度夕鳴きしたら、鶏をつぶすとシモヌヤーのおじさんが言った。

次の日の夕暮れ、鶏は夕鳴きしなかったが、ハナみー《兄さん》が死んだ。

戦争が終わってから、あや《姉さん》はいつもハナみーのそばにいた。あやに看取られ、ハナみーは静かに息を引き取った。あやが見ていなければ、だれも気づかなかったかもしれないほど、静かにこの世界から去っていった。

「にじょさいよー《かわいそうに》、にじょさいよー、はなしゃぐゎーよー《愛しいわが子よ》」

あちゃ《おとうさん》がハナみーにすがりつき、泣きながら言った。あちゃにとって、ハナみーは最初の子だった。愛しい気持をわらびなー《童名》に込めていた。

「はなしゃぐゎーよー」

あまも《おかあさん》あやも泣いた。ぼくも泣いた。いくら泣いても、ハナみーの肩はもう、動かなかった。

すぐにカミの家の人たちも、シマ《集落》の人たちも集まってきてくれた。デー《竹》床《ゆか》の部屋で水をざあざあ掛けながら体を清め、白い帷子《かたびら》を着せる。ユニみーのときには、体がばらばらになるからと、これができなかった。

左手に、草刈りでできた傷がいくつも残っていた。ハナみーが家族のために働いてきた証だった。そもそも神戸に出稼ぎに出たのも、働いてぼくたちに金を送るためだった。

「うらわよー《あなたはねー》、神戸まで行ってみんなのために働いて、とても働き者だったのに、こんなに早く、別れるときがきたねー」

カミのあじ《おばあさん》がひときわ大きな声で泣きながら言った。カミのあまもわあっと声を上げて泣いた。やってきたシマの人たちも、泣き声につられてすすり泣きをしていた。

まだ体が柔らかいうちに、足を曲げてすわった形にし、足を縄でぐるぐると縛って、棺桶に入れる。歩いて戻ってこないようにするためだという。

どこにこんなにあったのかと思うほどに、ごちそうが並べられた。来てくれた人たちが驚いて、ささやきあう声が聞こえた。

「身の丈に合わない弔いだねー」

今までは、シマで葬式があるのが楽しみだった。白いごはんが食べられると待ち望んでいた。代掻きから始まり、田植え、草取り、稲刈りと働いても、ぼくたちの口には一粒も入らなかった白い米が炊かれ、ふるまわれた。

ハナみーの枕元には、山盛りに盛られた真っ白なごはんがそなえられ、お膳には豚肉、豆腐、大根などが二切れずつ並ぶ。ひとつにすると、またもうひとりを呼ぶからといって、必ず二切れずつ盛る。

ぼくは戦争が終わって初めて、腹いっぱいごはんを食べた。


明くる日の夕方、四人の担ぎ手に運ばれ、ハナみー《兄さん》の棺は墓道を通って墓地へ向かった。担ぎ手は「軽い、軽い」とくりかえした。最後は何も食べられなくなったハナみーは、骨と皮だけになっていた。

棺にかぶせる屋形《やぎょう》という屋根も、見たことがないほどに立派なものだった。削られたばかりの白木が日の光に輝いている。「身の丈に合わない弔い」という声が、また、あちこちからささやかれる。

墓につながる細い墓道を通るのは、空襲のとき以来だった。戦争が終わってからは、だれも通らなくなっていた。

墓地まで来ると、シマミシドー《シマ見せ場》で、シマミシ《シマ見せ》をした。角提灯を持った人を先頭に、ほうきで地面を掃く人、杖や草履や旗を持つ人に続いて、棺桶を左回りに三回、回すのだ。帰り道をわからなくさせ、家に戻ってこないようにするためだという。

イチみーの葬式のときも、ユニみーの葬式のときも、同じだった。ぼくはそっとカミのじゃーじゃ《おじいさん》に訊いた。

「どうして、家に戻れないようにするの？　ぼくはハナみーに、戻ってきてほしいと思うのに」

じゃーじゃはほほえんだ。

「戻ってきてほしいのは、残されたわたしたちだけの気持だよー。ハナみーがグショー《後生》に行けなくて、永遠にさまようことになってしまうよー」

じゃーじゃはそう言うと、ぼくの頭をなでた。

棺桶は、前もって掘ってもらっておいた墓穴に入れられた。ユニみーの屋形の隣りだった。

そのとき、あちゃ《おとうさん》が墓のまわりを囲む珊瑚石の石垣から飛びおりて、三味線を弾きだした。

「弔いだよー、三味線は弾くもんじゃないよー」

あまが《おかあさん》あわてて言ったが、あちゃはやめない。カミのじゃーじゃもあじ《おばあさん》も、そっとあまの袂を引いて、とめた。

イチカ節だった。

なしぐゎー《生んだ子を》　むるとぅむに《みんな》
育てぃゆんでぃしゃしが《育てようとしたけれど》
てぃんぬ《天の》　う定みぐゎ《定めで》
育てぃならむ《育てられなかった》　スリ

あまがこのごろ、いつも唄っていた唄だ。

あまは泣きだした。

「すみません。許してやってくださいねー。この人は三味線でしか語れないんですよー」

あまは集まっていた人たちに頭を下げて断った。

あちゃの三味線は、芭蕉のシブ《樹液》で紙を幾重にも張ったシブサンシル《樹液三線》だ。自分で作ったもので、あちゃはシブサンシル作りの名人でもあった。沖縄の蛇皮を張った三味線とは音がちがう。シブサンシルの音は、一里先まで聞こえると言われる。冬には紙が乾燥して、ますますよく響く。

山から冷たい風が吹きおろしてくる。シブサンシルの音は、あちゃの唄声をのせ、海に向かって響きわたる。

イチカ節は泣くように唄い、泣くかわりに唄うものという。あちゃの声は泣いているようだった。

「弔いで三味線を弾くなんて」と、はじめはあきれて驚いていた人たちも、「身の丈に合わない弔い」とささやいていた人たちも、あちゃがくりかえして唄い、あやがそれに和して唄いだすと、一緒になって唄いだした。

なしぐゎー　むるとぅむに
育てぃゆんでぃしゃしが
てぃんぬ　う定みぐゎ
育てぃならむ　スリ

声をそろえて唄いながら、だれもかれも泣いていた。

ユニみーが死んだときは泣けなかった。担ぎ手も足らず、空襲も怖くて、早々に埋めてしまった。戦争中とはいえ、あんな弔いしかできなかったことを、あちゃとあまはずっと悔やんでいた。

墓地は新しい墓だらけだった。戦争中は名誉の戦死だと、泣くことさえはばかられた。遺体も遺骨もなく、形ばかりの弔いで墓を立てるしかなかった。シマのだれもが、あちゃとあまと同じ思いを抱えていた。

息子や夫、孫や親戚の戦死のときに泣けなかった分を取り戻すように、みんな泣きながら唄い、唄いながら泣いた。


それから毎日、墓には白い旗を立てた。死者は日を嫌うといって、日の出ないうちに墓に通う。

そして、初七日にはまた盛大にふるまいをした。これから、七日ごとにふるまいをして、七回目の四十九日でイミハリ《忌明け》をして、弔いは終わる。

シマ《集落》一番の財産家のカミの家でも、これほどの弔いはなかなかできない。「身の丈に合わない弔い」と揶揄されるのも当然だった。

それでも、カミの家だけは、豚をつぶし、応援してくれた。

「ほんとなら、うちもしたかったんだよー。弔いで、あの子たちにすがりついて、泣きたかったんだよー」

カミのじゃーじゃ《おじいさん》は言った。

「だから、気にしなくていいよー」

カミのあじ《おばあさん》もあま《おかあさん》も、毎日のように手伝いに来てくれた。

お客さんが来ると、じゃまになるので外へ出て、トラグヮーたちと遊んだ。家のまわりにはガジュマルやアコウの大木がうっそうと茂っている。地面に下りず、木から木へ飛びうつって鬼ごっこをした。

「猿みたいだねー」

頭の上に水の入った桶をのせて通りかかったカミが、木の上のぼくたちを見上げ、あきれたように言った。

ぼくが初めて木にのぼったときにも、カミは木の下からぼくを見上げて、そう言った。そして、そのとき、ぼくを肩車して枝にのせて木登りを教えてくれたのは、背が高かったハナみー《兄さん》だった。折れやすい木もあって、知らずに手や足をかけると、すぐにぽきんと折れて危ない。この木は大丈夫、この木は危ないと、指さしながら教えてくれた。あのころ、ハナみーは見上げるほどに大きかった。

ぼくはいつか、ハナみーと同じくらい大きくなるはずだった。それなのに、ぼくが大きくなる前に、ハナみーはいなくなってしまった。

あちゃ《おとうさん》が、ハナみーの弔いのために、わずかに残ったうちの田んぼをみんな売ってしまったことを知ったのは、初七日がすんだ後だった。

長い製糖作業が始まり、二月になって、信じられないニュースが飛びこんできた。

北緯三十度以南の奄美群島は、日本本土より行政的に分離したという。つまり、えらぶ《沖永良部島》は日本ではなくなり、アメリカの一部になったのだ。

それも、来月からとか、来年からとかいう話ではなかった。もうすでにアメリカの一部になって、日本ではなくなっているというのだ。

連合国軍最高司令官がラジオで宣言したというが、電気も通ってない島にはラジオはない。終戦のときも、ヤマトゥ《本土》では無条件降伏がラジオで伝えられたといい、ユキは天皇陛下の声を聞いたと話していた。

そのラジオの放送日にちなみ、決定は、二・二宣言と呼ばれるようになった。えらぶを含む奄美群島は、アメリカ海軍の管轄下におかれ、ヤマトゥへの渡航は禁止された。

「家も畑もみんな売って、神戸に行こう」

その夜、あちゃ《おとうさん》が口にした言葉は、思いがけないものだった。

「食糧難はひどくなる一方だよー。畑だけじゃとてもやっていけない」

「勝手に売ったのはあなたでしょー」

さすがにあま《おかあさん》が怒った。

「あなたはうやほー《先祖》になんて言い訳するのー。田んぼをみんな売ってしまって、それだけじゃなくて、畑も家も売って島を出ていくっていうのー。グショー《あの世》に行ったら、うやほーに怒られるよー。うやほーに合わす顔がないよー」

「グショーには行けなくていいよー」

「じゃあ、この世ではどうやって生きていくつもりなのー」

「だから、家も畑も売って、神戸で暮らすんだよー。神戸ではいい働き口があってねー」

「だれがこんな大変なときに、家や畑を買ってくれるのー」

「シンヤが買ってくれるよー」

ユキの家は、シンヤと呼ばれるようになっていた。神戸から引き揚げてきたシンヤは、今もトラグヮーの家の砂糖小屋に住んでいた。

「高い値段で買ってくれるって言ってくれたよー。ナビもここで産んで育てるよりいいよー」

ぼくはあちゃの言う意味がわからず、ナビあや《姉さん》を見た。

「ここに赤ちゃんがいるんだよー」

あやはわらいながら、おなかをさすった。

「この子はねー、ユニの生まれかわりだよー」

ぼくはまじまじとあやのおなかを見た。

おなかをさするあやの指には、薬莢で作られた指輪が嵌まったままだった。


ハナみー《兄さん》のイミハリ《忌明け》が終わり、墓に立てていた白い旗をかたづけた。

製糖作業は続く。牛を追うカミの唄声が聞きたくて、ぼくはせっせと砂糖小屋へ通った。

ちばりよ《がんばれ》　牛よ

さったー《砂糖を》　なみらしゅんどー《なめさせてあげるよ》
ふぃよー　ふぃよー

この唄は、製糖作業のときにしか聞けない。北風にのって届くカミの唄を聞くのは、久しぶりだった。

ふぃよーの掛け声に合わせて、ぼくも笞を振るった。笞は、学校の黒板の横に下げられているものと同じだ。

カミの声はあいかわらず、透き通っていた。

あま《おかあさん》とあや《姉さん》が向かいあって、牛が回す歯車にさとうきびの束を入れ、汁をしぼる。あちゃ《おとうさん》がそれを砂糖小屋でぐつぐつと炊いている。

今年の砂糖の出来はどうだろう。

ハナみーのイミハリがすみ、製糖が終わったら、ぼくたちは島を出ていくことになっていた。ぼくたちは懸命に働いた。少しでも、砂糖で稼いでおきたかった。

シンヤのあちゃに言われたらしく、ユキが手伝いに来てくれた。まだ農作業に慣れず、やわらかそうな手で、さとうきびを懸命に運んでくれた。でも、ぼくの半分も持てていない。

あやが気の毒がって、できたての砂糖の汁を少しだけくれた。

「一休みしていいよー」

ぼくとユキは、板の上で砂糖をのばし、こねて丸め、飴玉を作った。

その間も、カミの唄声が聞こえてくる。

ちばりよ　牛よ
さったー　なみらしゅんどー
ふぃよー　ふぃよー

カミの唄が途切れたとき、ユキがつぶやいた。

「カミの声はきれいだねえ」

ユキは飴玉でほっぺたをふくらませて、隣りのカミの砂糖小屋をみつめていた。ぼくはなんと言っていいかわからず、黙っていた。

「この前、学校で子守唄を聞いたとき、おかあさんが唄ってるのかと思った」

ユキはそう言うと、ぼくを見て、照れたようにわらった。

「カミには言うなよ」

来年、ぼくはもう、カミの唄を聞けない。それなのに、ユキは聞ける。

ユキが羨ましくてたまらなかった。

ぼくは、カミの唄を一回たりとも聞きのがしたくなかった。砂糖車のまわりをぐるぐる回って、牛を追う間ずっと、耳をすませて、そっと赤土を踏んで歩いた。

三月になると、ヤマトゥ《本土》やよその島から来ていた人たちが島を出ていきはじめた。役場の人も、学校の先生もいた。ヤマトゥとの交通が遮断される前に故郷に帰らないと、もう帰れなくなる。教練の盛《もり》先生は、いの一番に島を出ていった。

ぼくたちもヤマトゥへ行くなら、早く出ていかなければいけなかった。でも、製糖が終わらない。

そこへ、熊本から、あや《姉さん》あての手紙が届いた。あやに指輪をくれた人は、守備隊の兵隊さんだった。

だんなさんが出征している間に空襲病にかかった人は、だんなさんが復員してから子どもが生まれて、大騒ぎになったという。あたりまえでない空襲病にかかった人たちは、戦後、その始末をつけなくてはいけなかった。

もちろん、なかったことにすることもできた。戦争が終わってからは、どんなことも戦争のせいにできた。戦争のせいにして、ごまかして、忘れてしまえた。

あやに手紙をくれた人の誠実さが、ぼくには嬉しかった。

あやのおなかはどんどん大きくなった。いつ、ヤマトゥへの船が出なくなるかわからなかった。ぼくたちは製糖を急いだ。でも、製糖が終わったら、この島を出ていかなくてはいけない。

ちばりよ《がんばれ》　牛よ
さったー《砂糖を》　なみらしゅんどー《なめさせてあげるよ》
ふぃよー　ふぃよー

製糖が終わらないことをぼくは祈った。

ずっと、この唄を聞いていられるように。


ぼくの祈りは届かず、やがて製糖は終わった。今年もサタジョージ《製糖終了祝い》はできなかった。

そして、今年も、あちゃ《おとうさん》の砂糖は一等を取れなかった。それでも、戦後の物価高で、サタ《黒砂糖》の値段は戦争中の五十倍にまではねあがっていた。

牛はサタと一緒に売った。戦争中も売らずに、毎日ぼくが草を刈って食べさせてきた牛と別れた。牛は何もわかっていないらしく、市場へ向かうあちゃのあとを、おとなしくついていった。

ぼくは草刈りをしなくてもよくなった。シモヌヤー《下の家》から三番鶏の声が聞こえると、トラグヮーとヤンバルとユキが連れ立って、草刈りに走っていくのがわかる。

ぼくはむしろの上で寝返りを打った。つらいときに横にもぐりこんでは、その体の温もりになぐさめてもらっていたハナみー《兄さん》は、もういなかった。

ゆっくりヤラブケー《そてつのみのかゆ》の朝飯を食べ、ひとりで学校へ行くと、ユキがはだしで来ていた。

「靴はどうしたのー」

カミがいつものように、きんきん響く声で訊いていた。ユキがなんと返事をしたのかは聞こえなかった。

いつも靴で守られていたユキの足は真っ白だった。鬼ごっこをしても、足の裏が痛いらしく、ろくに走れない。帰り道でも遅れがちだった。歩くのもつらいらしい。白いニャーグ《せっかいがんへん》道の砂は硬くて尖っていて、きれいだけれど痛い。

「草刈りなんか、痛がってなんにもできなかったんだよー」

「靴履いてこいよー」

ヤンバルとトラグヮーが言った。

「おれもえらぶ《おきのえらぶじま》の男だから」

ユキがその白い顔に似合わないことを言ったので、ぼくたちはわらいころげた。

放課後の草刈りにも、ぼくだけは行かないで家にいたら、ユキがやってきた。手には、いつも履いている運動靴を持っていた。

「これ、おまえにやるよ」

ユキは運動靴を突きだしてきた。洗ったらしく、赤土の汚れもない。朝からユキがはだしだった理由がやっとわかった。ただ、靴の底やあちこちが黒くなっていた。

「いくら洗っても取れなかったんだ。神戸は空襲で、どこもかしこも焼けて、すすだらけだったから、ごめん」

　ユキはぺこっと頭を下げてから、続けた。

「内地では、靴を履いてないと、いじめられるよ」

「だって、おまえだってこれ一足しかないんだろー」

「いいんだよ。これでおれもみんなと同じになれる」

　いくら断っても、ユキは引かなかった。しまいに縁側に靴を投げこんで、帰ってしまった。気持は走ろうとしているようだったが、足の裏が痛いらしく、ぴょんぴょんとびはねるようにして歩いていった。

　運動靴は、ぼくの足にぴったりだった。ぼくは夜の間にわらで草履を編んで、学校へ持っていった。

「おまえには、はだしはまだ無理だよ」

　ぼくが言ってユキに渡すと、トラグヮーもヤンバルもわらった。

　ふたりとも同じことを考えたらしく、ユキはその日、これで三足目の草履を受けとったのだった。

　カミも美奈子もわらっていた。

　ユキだけはわらわずに、ぼくの編んだ草履を、両手でしっかりと受けとってくれた。

山羊はカミの家に買ってもらうことになり、ぼくは山羊をつれて、カミの家に行った。

砂糖小屋では隣り同士だったのに、シマ《集落》では三軒離れていて、行き来がしにくくなった。空襲もなくなって、ぼくがカミを守る必要もなくなった。

家にはカミはいなかった。ミジガミ《水甕》の水はふちまでいっぱいになっていたが、桶がなかった。

あや《姉さん》がいなくなるので、一人暮らしのアガリヌヤー《東の家》のおばあさんのための水汲みを、シマの女の子たちが交代ですることになっていた。おばあさんが飛行機畑に植えた百合はすくすくとのびて、つやつやした葉っぱを無数に広げていた。シマのだれもが真っ白な花が咲くのを待っていた。

カミはおばあさんのための水汲みに行ったにちがいなかった。

ぼくは山羊を追いながら、ホー《水汲み場》へ向かった。途中で会うかと思っていたが、なかなか会わない。そのうちに、ホーに着いてしまった。

「あの子はひとりで桶を頭にのせきらんで、いつもだれかが手伝ってくれるのを待ってるんだよー」

あやがそう言って、カミのことをわらっていたことを思いだす。

山羊を紐で繫いでおいてから、ホーに入った。いつもなら、水汲みだけでなく、洗いものをしたり、水浴びしたりする人たちでにぎわっているのに、今日はだれもいない。

一番奥で、カミが桶に水を汲みこんでいた。

声をかけようとして、やめた。

柄杓で無心に水を汲みこむカミの横顔は、はっとするほどきれいだった。いつまでもながめていたかった。

カミはぼくがいることに気づかないまま、桶をヌケ石に置《のせ》いた。水でいっぱいにした桶は、自分では頭の上にのせられない。だれかいれば、頭に桶をのせてもらえる。だれもいないときは、ヌケ石の上にのせてから、前のめりになってかがんで、少しずつ桶の底を頭の上にのせていく。ふちまで水でいっぱいになった桶を、かがんで頭にのせるのは大変だ。

ぼくはそばに行って、桶を持ちあげ、かがんでいたカミの頭にのせてやった。

「みへでぃろどー《ありがとうございます》」

カミはぼくに背を向けたまま、丁寧にお礼を言った。桶が頭にのると、もうふりかえることができない。どこかのおばさんが手伝ってくれたと思ったのだろう。

「ぼくだよー」

「マチジョー？」

カミは驚いて、桶を落としそうになった。ぼくはあわてて、桶をおさえた。けれども重たい桶は大きく揺れて、頭からぼくに水を浴びせた。

カミはびしょぬれになったぼくを見てわらった。ぼくもわらった。

「マチジョーがびっくりさせるからだよー」

カミは言って、頭に桶をのせたままかがんで、ぼくに柄杓を取らせ、いっぱいになるまで水を汲み入れさせた。

ふちまでいっぱいになると、そろそろと立ちあがり、歩きだした。ぼくはあとを追ってホーを出た。山羊を連れ、カミと並んで、来た道を戻る。

「あいかわらず、水汲みがへただねー」

「マチジョーがじゃましたからだよー」

カミが言い返すので、ぼくはわらった。カミもわらうと、ますます桶から水がこぼれた。

「あべー《あれー》、もういっぺん行かないといけないねー」

カミはわらいながら言った。

「それなら、もういっぺん一緒に行くよー」

ぼくは言った。

「なんべんでも一緒に行くよー」

ふりかえると、真っ白なニャーグ《石灰岩片》道に、カミの頭の上の桶からこぼれた水が、黒く斑点になって続いていた。

でも、それだけではなかった。その横には、濡れたぼくの足跡が、ずっと並んで続いていた。

カミとぼくの歩いた跡だった。

四月になった。

早朝、ぼくたちは家を出た。

ハナみー《兄さん》のイミハリ《忌明け》と製糖をすませ、家や畑の始末をつけおわったころには、ヤマトゥ《本土》への船はなくなっていた。えらぶ《沖永良部島》を含む奄美群島は完全に米海軍の統治下となり、ヤマトゥへは行けなくなった。闇船と呼ばれる密航船を頼むしかなかった。大島《奄美大島》には米軍がいて、ヤマトゥへの密航を厳しく見張っているという。

密航という言葉がおそろしかった。ほんの一ヵ月ほど前までは、自由に行き来できていたのに。

まだ薄暗い中を、シマ《集落》の人たちが見送ってくれた。

口べたなあちゃ《おとうさん》は一言もしゃべらず、ただ、頭を深々と下げた。

ぼくたちも頭を下げて、歩きだした。荷物はもう船に積みこんでいた。

家を囲む石垣を通り過ぎながら、目印にしている白い珊瑚石で、いつものように背を測る。これで最後なのに、やっぱりぼくの背丈はかわらなかった。

あちゃは先に立って歩いた。

これから行く先には、三味線を弾く場所もなく、三味線を聞いてくれる人もいない。あちゃから三味線を取ったら、何が残るのか。砂糖ひとつ、上手く炊けない不器用な人なのに。

「マチジョー」

「マチジョー」

密航だから騒いではいけないと、カミのじゃーじゃ《おじいさん》から注意されていたはずなのに、トラグワーとヤンバルが、ガジュマルの木の上から叫んだ。ユキも一緒だった。ユキはぼくたちが編んだ草履を履いていた。それで木にのぼれるなら十分だ。

もうひとり、ガジュマルの木の上に立っている子がいた。

ぼくは目を見張った。

カミだった。

あんなに臆病で、口ばっかりだったカミが、ガジュマルの木にのぼっていた。ぼくが葉っぱを取ったり、ミミグイ《木くらげ》を取ったりしていたとき、カミはいつも木の下からぼくを見上げるばかりだったのに。

みんな、ちぎれるくらい手を振ってくれた。

でも、カミだけは、手を振っていなかった。ただ、じっとぼくを見ていた。

手を振ったら、別れることを認めてしまうことになる。送りだしてしまうことになる。

だから、手は振らない。

わかるよ、カミ。

ぼくは、心の中でカミに言った。

ぼくも振らない。

ぼくはまばたきもせず、ガジュマルの木の上に立つカミの姿を目に焼きつけた。

密航船は、艀《はしけ》よりも小さかった。

いくら島伝いに渡っていくとはいえ、これで本当にヤマトゥ《本土》まで行けるんだろうか。

太平洋に出ると、案の定、船は木の葉のように揺れた。別に嵐でも時化でもなんでもない。

これがふつうだという。あのいつでも穏やかなえらぶ《沖永良部島》の海のまわりに、こんなに強い波が打ち寄せていたとは、信じられなかった。島を囲む珊瑚礁が、これほどの波をとどめてくれていたのだ。

ぼくは艫《とも》にすわって、えらぶを見た。

初めて見たえらぶは、だんだん小さくなっていった。信じられないほどに小さくて、平べったい島。珊瑚礁にぐるりを守られた黄金島《くがにじま》。

手のひらで包めるくらい。

西島伍長が言ったのは本当だった。

大きな波が来ると、波に隠れて見えなくなってしまうほどの小さな島。

別の国になる島。カミとぼくとは、別の国の人になる。

生まれたときからずっと、同じものを見て暮らしてきたのに、これからは別々の場所で、別々のものを見て暮らす。

カミはこの島で、これから何を見るんだろう。日本ではなくなってしまったこの島で。

さらば たちわかり《そろそろお別れしましょう》
なちゃぬい゙る うもーり《明日の夜またおいでください》

そのとき、ぼくの口をついて出たのは、初めて唄うイチカ節だった。自分が自分だと知るずっと前から、おそらくは生まれる前から、あま《おかあさん》のおなかの中で聞いてきた唄。

なちゃぬい゙るなんて、一体いつ来るというんだろう。

「いつかまた帰ってきて、カミに会えるといいねー」

あや《姉さん》が言った。

ぼくは驚いてあやを見た。

「わかるよー。あんたは、カミと一緒にいるときだけ、よくわらうからねー」

あやはそう言ってわらうと、ぼくの声に合わせて唄いだした。

なちゃぬい゙る うもーり《またおいでください》
まくとぅ かたら《ありのままの思いを語りましょう》

続けて唄ったあやの唄に、ぼくは耳を疑った。

きゆぬ《今日の》 ふくらしゃや《よろこびは》

むぬに《ものに》　たてぃらむ《たとえようがない》

あやの手は、大きくなったおなかの上にあった。
あやはわらっていた。

いちむ《いつも》　きゆぬぐとぅし《今日のように》
あらちたぼり《あらせてください》

をぅない《姉妹》神はたかさ《尊い》。どんなことがあっても、あやならきっと大丈夫だと信じられる。
見上げた空には、沈みそこねた小さな月が浮かんでいた。

とーとぅふぁい《お月様》　とーとぅふぁい《お月様》
わぬ《ぼくを》　ふでぃらちたぼーり《大きくしてください》

大きくなってこの島に戻ってきて、カミのそばにいつまでもいられるように。
ぼくは祈った。

主要参考文献（著者敬称略）

一ノ瀬俊也『戦場に舞ったビラ　伝単で読み直す太平洋戦争』　講談社
岩倉市郎『沖永良部島昔話』　民間伝承の会
大島郡和泊町企画観光課編『和泊町戦争体験記』　大島郡和泊町
大島隆之『特攻　なぜ拡大したのか』　幻冬舎
大西正祐『二人の特攻隊員』　高知新聞企業
織田祐輔「大分県下に対する米海軍艦載機空襲について―史料に見る1945年3月18日の大分県北部への空襲―」『空襲通信』第18号　空襲・戦災を記録する会全国連絡会議
川上忠志「沖永良部島の戦争の歴史」『奄美ニューズレター』№32　鹿児島大学
菊池保夫「沖縄脱出兵と沖縄奪還刳舟挺身隊」『奄美郷土研究会報』第38号　奄美郷土研究会
金元栄著　岩橋春美訳『朝鮮人軍夫の沖縄日記』　三一書房
工藤洋三『日本の都市を焼き尽くせ！　都市焼夷空襲はどう計画され、どう実行されたか』
国頭字誌編纂委員会編『国頭字誌』　国頭字誌編纂委員会
栗原俊雄『特攻―戦争と日本人』　中公新書
桑原敬一『語られざる特攻基地・串良　生還した「特攻」隊員の告白』　文藝春秋
後蘭字誌編纂委員会編『後蘭字誌』　後蘭字誌編纂委員会
先田光演『奄美の歴史とシマの民俗』　まろうど社

高田利貞『運命の島々　奄美と沖縄』　奄美社
知名町誌編纂委員会編『知名町誌』　知名町役場
東郷清一「地獄沖縄からの脱走部隊」『週刊文春』1960年8月22日号　文藝春秋
当山幸一『私と戦争』　創英社／三省堂書店
永吉毅ほか編『畦布誌　ふるさとあぜふ』　畦布字有志
林えいだい『陸軍特攻振武寮　生還した特攻隊員の収容施設』　光人社NF文庫
林正吉『沖永良部島・国頭の島唄　林正吉のノートより』　シーサーファーム音楽出版
深野修司・門田夫佐子取材・執筆　南日本新聞社編『特攻　この地より　かごしま出撃の記録』　南日本新聞社
保阪正康『「特攻」と日本人』　講談社現代新書
前利潔「沖永良部島民の移住物語」『沖永良部島の社会と文化』　鹿児島県立短期大学地域研究所叢書
森杉多『空白の沖縄戦記―幻の沖縄奪還クリ舟挺身隊―』　昭和出版
山口政秀『沖永良部島海軍特設見張所』　南京都学園
和泊町誌編集委員会編『和泊町誌（民俗編）』　鹿児島県大島郡和泊町教育委員会
そのほか、多数の書籍を参考にいたしました。

中脇初枝（なかわき・はつえ）

1974年徳島県生まれ、高知県育ち。高校在学中に『魚のように』で第2回坊っちゃん文学賞を受賞し、17歳でデビュー。筑波大学で民俗学を学ぶ。2012年『きみはいい子』で第28回坪田譲治文学賞を受賞、第1回静岡書店大賞第1位、第10回本屋大賞第4位。2014年『わたしをみつけて』で第27回山本周五郎賞候補。2016年『世界の果てのこどもたち』で第37回吉川英治文学新人賞候補、第13回本屋大賞第3位。『こりゃ まてまて』『女の子の昔話』など、絵本や昔話の再話も手がける。本作の舞台となった沖永良部島の風景と、唄いつがれてきた島唄を紹介する写真集『神の島のうた』（写真／葛西亜理沙）を同時発売。

神《かみ》に守《まも》られた島《しま》

2018年7月10日　第1刷発行

［著者］　中《なか》脇《わき》初《はつ》枝《え》

［発行者］　渡瀬昌彦

［発行所］　株式会社 講談社

〒112-8001 東京都文京区音羽2-12-21

電話　［出版］03-5395-3505

［販売］03-5395-5817

［業務］03-5395-3615

［印刷所］　豊国印刷株式会社

［製本所］　株式会社若林製本工場

N.D.C913 231p 20cm ISBN 978-4-06-512205-1

初出　「小説現代」2017年7月号～9月号に掲載したものを、大幅に加筆修正いたしました。